戦後唯一、医師免許を持った
厚労大臣が人生の心髄を語る

日々挑戦

【著者】
元衆議院議員・初代厚生労働大臣
坂口 力

【協力】
一般社団法人
日本先進医療臨床研究会

はじめに

人生という文章は長い。

ピリオドを打つまでにかなりの時間があれば、どこかでコンマを打たねばならない、と思うのは私だけではないだろう。

今回の文章は、一つのコンマであり、今後への備えである。

引っ越しをした人は誰しも経験をするが、何故こんなに余分なものをため込んだのかと思う反面、これも持って行きたい、あれも持ちたいと思うものである。

人生余分な時間を費やしすぎているし、ここは今後のために持っていきたいと思うことも多い。

今後の整理をするために書き始めたが、いろいろ検討してみると、整理整頓は難しく、人生は成り行きに任せる以外にないと思うのが結論である。

これからも余分な事が押し寄せてくるし、予想しがたい方向に流される可能性もある。

特に人との巡り合わせは予想に反して訪れる。

情熱を持って仕事をすると、思わぬ反響が起こり、人生を方向転換させる事も生じる。

はじめに

しかし、書いているうちに、見えてきたものもある。

避けて通れないのが病魔との闘いであり、これだけは確実に訪れるし、治る可能性も少ないものが多い。

日々の訓練を重ねながら、体力を保持し、病気と闘う。

人との出会いは少なくなり、病気との闘いは強くなり、仕事量は緩やかになる。

すると病魔との闘いが全面にできる日々となり、健康のために費やす時間が増大する。

通院する友達が増え、医師や看護師と接触する機会が増大するに違いない。

人生は、成り行き任せとは言いながら、健康との接点が多くなり、横振れの範囲は狭められているように思う。

コンマの先は、今までの成り行きよりも、選択肢は少なくなり、想定外の事は減ってくる。

快晴の日は減ってくるが、晴天の日は来るに違いない。

雲の多い少ないは健康との付き合い方によると考えている。

ピリオドまでの期間はまだ存在する。

人に尽くせる日々でありたい。

目次

目次

第1章

日本の針路

新型コロナウイルスとの闘い

世紀に一度ぐらい人類は新しいウイルスと遭遇し、大きな打撃を受け続けてきた。スペイン風邪が流行したのは一九二〇年、ちょうど一〇〇年前のことであり、多くの人が死亡した。祖父から聞いた話であるが、私の生まれた田舎でも毎日それぞれの家族だけで葬儀が行われ、墓地は土葬する場所が無くなったという。葬儀に行くと感染するという話が流れ、自分の家だけで埋葬した。

世界で五億人罹患し一億人は死亡したと推定される。

当時の世界人口は一八億人から一九億人であったとされ、そのうち五億人罹患は二七%になる。それから一〇〇年、世界では一年間で新型コロナウイルスに一億2千万人が罹患し二七〇万人が死亡した。日本では四六万人が罹患し、九〇〇〇人が死亡している。近年、医学・医療は大きく前進したと思われるが、公衆衛生面での進歩は少なかったと言わざるを得ない。臨床面に片寄った進歩であり、予防面は取り残されてきた。医師や看護師の数をみても、臨床に進む医師は多く予防医学を志す医師は極端に少なく、学問上のアンバランスを生じてきた。看護師もしかりであり、今回のコロナ感染の処理に際して、保健所の仕事量が多く保健師不足が大きな問題になった。政府も地方自治体も保健所の数を減らし、職員数を削減してきたツケが回ってきたと言うことができる。

温度や湿度とウイルスの活性化を調べた論文がある。

一九六一年に発表された論文（By G.J.HARPER）によれば、ウイルスの生存率は常温時、湿度が低いほど高くなっている。特に五〇％以下では生存率が高い。そこで日本の都道府県ごとの年平均相対湿度を比較してみた。相対湿度の最も高い県は島根県であり七七％、最も低い県は群馬県で六〇％、この間の一七％を三等分して比較してみた。年平均相対湿度の低い六〇％から六六％の間には十一都道府県が入り平均して六三・二％であった。二〇二〇年四月二日正午までに発生した患者数を上位一〇県を見ると、八都道府県まで低位グループに入っている。はずれているのは、北海道と神奈川県であり、神奈川県は低位に近い中位グループに位置する。また、コロナ発生数の少ない一〇県をみると、すべてが平均相対湿度七二％から七七％の上位グループに入っていた。

六〇%から六六%の湿度低位グループの患者発生数は一七九六名で、中位グループは六一九名、上位グループは一九二名と大きな差が付いている。これは昨年初期の一時的な傾向に過ぎない可能性もあるので、今年二月までの一年間の患者発生数を湿度の高い県、低い県で比較してみた。結果は初期の結果と大差なく、一年間の感染者上位一〇都道府県のうち七都府県が低位グループに属し、中位に外れたのは福岡、北海道、神奈川の三道県だけであり、発生下位の一〇県も高湿度グループに七県が入り、高知、徳島、香川の四国三県だけが中位グループに属するパターンを示した。すなわち、患者発生の上位グループは一県も湿度の高いグループには所属せず、患者数の少ない県は低湿度県グループには入らなかった。

これらの結果から、都道府県における患者発生数は、温度や湿度という気象条件によって左右されていることが解る。

北海道は湿度は高いが、職場や家庭における湿度や温度調整が影響しているような気がする。コロナ予防にはこの様な観点から検討する事が重要ではないか。

感染上位一〇都道府県は北海道を除いて平均相対年間湿度は六〇%前後であり、下位一〇県の平均湿度は七〇％前後である。この微妙な違いが発生を左右しているように思う。

今回の新型コロナウイルスは独特な性質を持っているように報道されている。

その最たるところは、発病前でも感染することであり、潜伏期間でも感染力があると報告されている。今までのウイルスは感染が起こるまでの期間を潜伏期間と定めてきたが、「潜伏期間」という言葉の使い方を変える必要が生まれてきた。今までの感染症は，潜伏期間が数日位であったが、このコロナは中央値が二〇日で、三七日間の例も報告されている。（The Lancet 3/11）

それだけではない。医師も患者も気づかない「サイレント肺炎」が起こり、気づいた時には手遅れである。中国からは急激に悪化して死亡するケースが多く報告され、街で急に倒れる人もいるという。症状の無い人でも感染源になることから、感染を予防する事が難しくなる。

ウイルスに対する不審はこれだけでは無い。

このウイルスがどこから発生したか、と関係して中国の研究所から人為的に流れ出たものであると主張する人がいる。一九八三年、エイズウイルスの発見でノーベル医学賞を受賞したフランスのリュック・モンタニエ博士もその一人であり、エイズワクチンをつくる研究をコロナウイルスに使用し、誤って流出させたものと推測している。エイズの遺伝子配列をコロナウイルスの遺伝子に挿入するには、研究室でしか行えない。自然に入ることは考えられない。同様な研究結果はインド工科大学のプラタン教授も出している。これは遺伝子に残された指紋の様なものであり、消えることはない。中国の研究機関も世界の他の研究所もこの内容について発表しているところはない。少なくとも疑いをかけられている中国の研究機関は何らかの発表をすべきでないかと思う。コロナウイルスの表面にあるスパイク・タンパク質に四個のエイズと同じ遺伝子が存在すると指摘される以上、誰かが反論なり究明なりを示してほしい。発表している人がノーベル医学賞を受賞しているだけにうやむやで終わる訳にはいかない。インド工科大学の教授は、論文を一度発表してから取り下げている。それは何故か。

それでは、新型コロナとエイズの類似点はないのだろうか。

エイズは潜伏期間が二年から四年と長いが、新型コロナも潜伏期間の長いケースが報告されている。他のコロナウイルスやインフルエンザウイルスの場合は一週間前後であるが、一ヶ月を超える報告も論文として提出されている。免疫細胞であるＴ細胞を攻撃して、免疫系を破壊する特徴がエイズではみられ、新型コロナでも報告されている。発病しても無症状の事が多く、この間他人への感染が心配であり、本人にも感染していることへの自覚が無い事になる。これも共通点の一つと言える。

日本政府は新型コロナの検査数を絞り込んだと言われている。

感染しても無症状のことがある反面、無症状でも感染するケースが存在する場合があり、どの人から感染するか明らかで無い。インフルエンザの場合などは、発病者即患者数と考えて大きな間違いはないが、新型コロナの場合には症状のある人と患者数は一致しない。ＰＣＲ検査を増やせば陽性者も増え、患者数が増えていることを意味する。逆にこの検査を減らせば陽性者数も増加せず、患者数が増えた指標が無くなってしまう。新型コロナウイルスの検査数が多い国は発病者が多いことになっている。このことを利用してかどうかは分からないが、日本では検査数を増やさない事を提案した知恵者がいたに違いない。もっと検査数を増やすべきだと大合唱しても色々の理由をつけて増やさなかった。結果として、日本は患者数が抑制され、医療費も抑制された。無症状の患者が多かったので救われた。

それにしても、この政策の立案は厚生労働省の役人ではできない事だと思う。私の想像であるが、おそらく財務省が考えたことではないか。如何に新型コロナの事とはいえ、どれほど財源をつぎ込んでもよいと言うわけではない。どれだけ必要になるかも分からない。政治家は早く収めるため財源を切り詰めることを、表面に出すことはできない。袋たたきになる可能性がある。政治家に任せておけば，財源は膨らむ一方である。厚生労働省の役人は財源のことを心配はしているが、検査を増やすこと以外考え付かない。患者数が増えても重症患者が増えなければ死亡者は増えず問題は無い。従って患者数を知るため検査数だけを増やすことはない。本当は軽傷者が急激に重症化することがあるので、軽傷者もチェックしておく事が重要であるが、重傷者だけをチェックすることにもそれなりの意味がある。総理をはじめ政府関係者も検査数を増やすと言いながら、検査用具が足りない、検査の出来る人員が足りない、など色々の理由をつけて、検査数を抑えてきた。

二〇二一年からは検査数も増えては来たが、それでも諸外国に比べて多くは無い。検査数を増やして感染者を掘り起こす方法ではなくて、重傷者を完璧に治療することから死亡者を抑制し感染者数も推測している。しかし、この方法で感染予防を促進することは難しい。日本は一足飛びにワクチンに結びつけ、予防を実現しようとしている。

日本にも変異株ウイルスが増えつつある。

イギリスで変異したもの、ブラジルで変異したもの、インドで変異したものなど、様々であるが、中には感染力の高いものもありそうだ。早く見つけて治療するには検査数を増やして早く手を打つ必要がある。遺伝子配列まで検査をして変異株を見つけなければならないし、新しいものを発見する必要もある。二〇二一年四月に入ってから大阪を中心に関西ではイギリス型の変異種が増加し、東京都より患者数が増加し、重傷者も増えてきた。変異種は明らかに感染率が高いという。

今後は変異株がどんどん増える可能性があるし、ワクチンの効かないタイプが登場した時、世界は騒然となるに違いない。新型コロナは新新型コロナとなり、世界は一からやり直しになる可能性がある。そんな新新型の生まれることが予測されるであろうか。心配なのはエイズの遺伝子の四つの破片であり、これが免疫力と関係した作用を表面化したとき、ワクチンの効果がなくなる可能性がある。影響しないことを祈るが、遺伝子の破片であるだけに油断はできない。

ご承知のように、エイズは免疫力を破壊することで知られている。現在すでに、免疫のできない新型コロナ患者がいる。ニューヨークに住む友人からメールがあり、その友人が昨年新型コロナに罹患し、今年三月再び発病したという。免疫の効かない変異種に罹患したのか、昨年の新型コロナがもともと免疫の出来にくいものであったのか、その逆か、いずれかであろう。

新型コロナが免疫の出来ないウイルスへと変化をすれば、遂にウイルスと人類の永遠の闘いが始まることになる。全く恐ろしい世界が待ち受けている。マスクが必要であるかどうかの単純な話ではなくて、ウイルスを殺すか人間が滅亡するかの話になってくる。

それでは新型コロナウイルスに対応するにはどうしたら良いのか。予防する以外にない。世界は感染症の予防に遅れを取ったと言われているが、最近いろいろの研究が進んでいる。ウイルスが空気中に存在するとき、人間にどうすれば伝搬させずにすむのか、もし人間の体に入ってしまった時、どうすれば増殖を阻害することが出来るのか、そこを明らかにしたものが求められる。前者の空気や水の浄化には、別のところに書いたテラヘルツ水があり、後者には長崎大学から発表になっている5－ALAがあり、5－ALAを体内で増やす有機ゲルマニウムがある。

テラヘルツ水は製造理論が難しいが製造方法は確立されており、その効果については多くの大學が研究結果を出している。ただ製造方法に対する許認可が下りていない。しかし、菌やウイルスを九九・九％殺傷することは証明済みである。空気中や室壁に散布するだけで効果が強力であり、簡易にウイルスを撲滅でき、当分の間その空間を無菌に維持することが出来る。しかも格安に実現できる。

5－アミノレプリン酸（5－ALA）は人・動物・植物の中で作られるアミノ酸であり、

すでに医療や健康食品の分野で使用されている。動植物の細胞内においては、エネルギーを作り出すためミトコンドリアが活動している。その機能に重要な役割を果たしているのが5－ALAであることが解明されている。このアミノ酸が新型コロナウイルスの増殖を一〇〇％抑制することが発見された。今年の二月、国際学術誌にも正式に掲載されている。

しかし日本の医療界は、治療薬としての効果に拘っている。私は治療薬を作る前に、ウイルスが体内に侵入した直後に、予防薬として増殖を抑制するために使用すべきであると考える。予防薬として服用できれば、家庭内感染などを抑制することが可能になる。空気中の感染を抑え、体内に入ったものの増殖を抑制することができれば、予防は可能である。

新型コロナの先輩に当たるサーズ（SARS、重症急性呼吸器症候群）は、二〇〇二から二〇〇三年にかけて世界で流行し、日本にも上陸の恐れがあり、私は時の大臣としてその対策に奔走した。水際作戦を最重要課題に据え、空港や港湾における外国からの旅行者を焦点にした。職員数を強化するため、地方からの移動や定年退所者の臨時雇用制度を導入した。幸いにして国内での発病者は見られず、世界での蔓延も約一年で収束することになるが、台湾在住の医師が日本を旅行し、台湾に帰ってからサーズであることが判明したケースがあった。関西、四国の六府県を旅行したことから、立ち寄った店先などを後になってから消毒する騒ぎが起こり、地方に迷惑をかけたことがある。しかし結果は事なきを得た。

そのころ、ベトナムでは大変な事になっていた。

ハノイのフレンチ病院では満杯の患者が入院し、そのほとんどが病院の従業員であり、重症が多く医師や看護師が多数死亡した。フランスの医師が中心になって取り仕切っていた。ベトナム政府は同じハノイにあるバックマイ病院をサーズ患者受け入れ病院として指定し、患者をフレンチ病院から移動させた。バックマイ病院は日本からの支援で建てられた病院であり、日本製の医療機器がそろい、日本の医師チームがリードし、病院内を感染リスクにより三区域に区分し、人の導線を分離した。しかし、この病院にも陰圧室は存在しなかった。そこで日本の医療チームが行なったのは窓の開放による空気の入れ換えであった。この病院からは職員の感染は一人も起こらず、死亡者も出さなかった。窓を開けたことがすべてとは言わないが大きな要因の一つであったことは間違いない。この経験を、日本が初期に横浜におけるクルーズ船で生かすことが出来たかどうか、疑問に思う。

私はサーズの沈静後、ハノイを訪れる事になる。サーズのウイルス菌を分譲してもらうためである。日本では患者が発生しなかったが、終息後研究用のウイルスを確保する事ができなかった。

諸外国はウイルスを移動する事に躊躇した。しかし、ベトナムは日本に恩義を感じ、ウイルス菌の譲渡を受け入れてくれることになる。私は代表してベトナムに飛ぶことになる。ベトナムでは子供たちから日の丸を振っての大歓迎を受ける一方、病院などの視察があり、医療機器の譲渡について申し入れがあった。その時、ベトナム側から聞いた話が、窓を開けたことであった。医療は難しい事のように思うが、常識的な判断が大切であることを、日本の医師チームは教えてくれた。

後から聞けば、当然のことであるが、フレンチ病院では窓を閉めウイルスの含まれた空気を閉じ込めていた。患者は病院内で蔓延し多くの医師や看護師が死亡した。バックマイ病院は全く逆を実施した。

現在の日本では、部屋を開放することを奨励し、密室における蔓延を防いでいる。新型コロナウイルスは、外気中に拡散するとすぐ死滅する事を知っていれば、誰でも行なうことである。

予防するための窓を開ける、外気を取り入れる、湿度を上げることなどが大事であることを忘れてはならない。その上で、ウイルスを死滅させる方法を考えれば良いことになる。外気中のウイルス撲滅と体内のウイルス削減である。政府は既存の許認可の壁を乗り越えて、あらゆる手段を講じるべきである。日本政府もそれによって人の交流を図り、経済を活性化しつつ新型コロナを抑制できたかもしれない。

もう一度書こう。

予防措置と予防薬のために、許認可の壁を乗り越えること、それがすべてである。

テラヘルツ水

世の中には、平凡な人間には考え及ばない事を発見・発明する人が存在する。話を聞くとなるほどそういう所から考え付いたのかと理解できる事もあるが、何故そんな発明・発見ができたのか、その人の話からは理解のできない事もある。私の周辺にもそういう人がいて、功成り名遂げている人は良いが、凄い発見・発明であるが報われない人がいる。お手伝いができないかと考えるがうまく進まない。「あの人は運がないのですよ」と簡単にいう第三者もいるが、そう簡単な事でもない。考えた人のこともあるが、発見や発明が世に出ない事による社会の損失を思うと、心が痛む。

新型コロナウイルスで世界中がパンデミックに陥った。日本も例外ではなかった。予防をしなければならない。罹患しても軽傷者は自宅待機になる。すると家族感染が問題になる。狭い家の中で病人だけを隔離するのは難しい。家中を消毒するためのアルコールが必要になるが、直ぐにアルコールが品切れになった。どうするか、日本は混乱した。私が思い出したのはテラヘルツ水であり、これを家庭内散布すれば、コロナウイルスを死滅させることが出来るかもしれない。そう考えていると古崎博士から久しぶりに電話がはいった。古崎さんという人が私の尊敬する発明者である。

コロナの話を書く前に古崎さんの事を書かなければならない。
もう一〇年も前の事であるが、不思議な水の話をする人がいるが信頼して良いのか良く分からない、一度話を聞いてくれないか、と友人から電話があった。帝国ホテルのコーヒーショップで会ったその人は、六〇才には達していると思われる痩身の男性であり、話は簡潔明瞭であるが私にも理解は不可能であった。物理学的な話を理解するには基礎知識が必要であるが、私には素養がない。「水」が造られた経緯はともあれ、「水」を使用して古崎さんの主張される結果が出るかどうかを見てもう一度会うことにした。この「水」を使えば菌、ウイルスの殺菌作用があり、川や湖の浄化作用があり、飲むことも可能で抗がん剤の副作用を抑える事が出来るという。本当はガンにも効くと言いたい様に感じられた。私が厚生労働大臣をしていたこともあり、言いたいことをかなり抑えているように感じられた。「言われることを、大学などの研究機関とタイアップして結果を出してください」と私から。「すでに結果の出たのもありますからお見せします」博士からの言葉を聞いて別れた。暫くして博士から手紙が届き、獣医学部のある大学での研究で、色々の菌、ウイルスへの殺菌効果が証明されていた。

この「水」は古崎博士が草や木の葉からある種の電磁波（テラヘルツ波）を取り出し、それを水に抽出？　する方法を発明したものである。その電磁波を小石の中に封じ込める技術を開発した。セメントの塊のような小石（セラミックス）を水に入れるとテラヘルツ水ができる。テラヘルツ波は光と電波の中間にあり、人類に役立つものを持っていながら、その利用が遅れて来たという。ＮＡＳＡでは宇宙船の中に放出していると古崎博士は語る。これが無いと宇宙船の中で人間が生きられない。以前にも書いたように、この物理的な世界を明快に理解して、多くの人に伝える能力を私は持たない。解説はこれぐらいに止めるが、この水に強力な殺菌作用があることは多くの大學で証明されている。この水にリトマス試験紙を入れると一二・〇という強アルカリを示すが皮膚や粘膜に散布してもヤケドなど異常を来すことはない。化学的なペーハーとは異質であり、これも理解が難しい。ある島根県の高等学校で教室にこの水を散布したところ、その教室から1年経っても学級閉鎖などインフルエンザの多発は出ていないという。

どういう理由でウイルス性の病気が抑えられているのか、古崎博士に聞いてみた。返答はこう言うことだった。「壁にテラヘルツ水を吹き付けると、壁に微弱な電場ができ、そこから体に有益な赤外線が生まれる。これらが作用して空気中にマイナスイオンが発生し続ける。このマイナスイオンがウイルスの表面を包み、感染力を消失させる」お解りだろうか。私には十分理解の出来る能力が不足している。別の言い方をすると、強アルカリとテラヘルツ電磁波の相乗効果により、九九・九九％以上の細菌、ウイルスを遺伝子レベルまで破壊可能にする。皮膚、粘膜にも無害の殺菌水である。これが事実なら、新型コロナに感染しない空間を作ることができる。経済を活性化できることになる。効果の出る理論は理解できなくても、効果の存在することは事実であり、私は疑いを持たない。この水は間違いなく殺菌作用がある。夜寝る前に喉の痛みがあるとき、私は喉に噴霧して寝る。朝痛みは無くなっている。最近では病院内をすべて噴霧するところも現われ、採用する範囲は拡大してきた。経験的に増えてくればそれでも良いが、新型ウイルスで人命が次々失われる時だけに、国としても効果があり、副作用がなければ実験的に使ってみる度量があっても良いと思う。

しかし、それがない。大臣が興味を示し効果に好意的であっても、それまでであり，役人の抵抗で前進はない。このテラヘルツ水は当然のことながら水中の菌やウイルスを完全に殺菌する。大學の研究でも明らかになっている。世界を見渡すと飲み水が無くて困っている国々が多い。それらの国の飲料水を作るのに役立つことは勿論である。しかも経費がかからない。この人たちにとって大事なことは安全で安い水が手に入ることだ。現場での難しい技術も必要としない。テラヘルツ波を封じ込めた小石があれば、安全で安価な飲み水ができる。日本で特別な使用許可が降りればＷＨＯは使用を認めるという。これは直接ＷＨＯに行き確かめたところである。

この水は水の浄化にも使用される。日本各地から汚れた河川や海をなんとかしたい、という話があり、古崎博士を紹介した人がいた。長崎県の大村湾では海の水が富栄養化し、大量のアオサという海藻が増殖し、海岸に打ち上げられ悪臭を放つので困っていた。海岸にセラミック（小石）を投入したところ、アオサは完全に除去され、きれいな海と海岸に戻った。海水の富栄養化物を除去してくれたことになる。これを利用すれば、赤潮での被害など海水の富栄養化による被害を食い止めることが出来る筈だ。私の出身地、三重県南部では毎年の様に赤潮が発生し養殖魚などに大きな被害が出てきた。養殖魚への餌も影響し富栄養化は大きな問題になっているが、海の水を入れ替えることも難しく、関係者は悩んできたところである。さらに大きな損害の出ているのは真珠業であり、あこや貝の消滅が起こり問題になっている。病原菌や海水の浄化が出来れば、損失を免れるのではないか。今後の研究を待ちたい。

損失額が大きいだけに、効果があれば影響も大きい。三重県などは品質の劣化を防ぐために色々の研究を行っているが、結果は出ていない。良質の真珠が多く生産されれば、地域の活性化にもなり、海外輸出にも貢献できる。海水の浄化はテラヘルツ波による影響であり、それを生活に使用できる状態にしたことは古崎孝一博士の功績であり、もっと評価をして良いのではないか。日本でもテラヘルツ波の研究をしている大學は幾つかあり、東北大学、大阪大学、理化学研究所などが有名であるが、生活レベルで活用出来るようにしたのは、古崎博士だけではないかと思う。

考えて見ると、テラヘルツ波を利用する分野はもっと広範囲に存在するように思う。例えば、食物の腐敗防止に役立てることが出来るし、新鮮な野菜や果物を持続させることも可能になる。医療分野でも，肺炎になりかけた時、肺への吸入器でテラヘルツ水を噴霧すれば，病原菌を排除出来る筈だ。口臭があると言われるとき、私は舌や口腔内に噴霧しているが､舌の舌苔はすぐに無くなるし口臭もなくなる｡健康維持のためにもっと色々の使用方法があるに違いない。

農作物を育成するため、害虫駆除をする必要がある。この水はそのためにも役立つと思われる。農学部の研究でそれが証明されている。農水漁業の育成に役立つほか緊急時の飲料水にも役立つ。飲み水のないのはアフリカだけではない。日本の中もたび重なる災害に見舞われ、水の無い生活が何時とはなく訪れ、苦労の日々が続いている。

災害が増えている。そんな時雨水から飲み水を作ることが出来れば、役立つのは言うまでもない。セラミックスの小石を用意しておけば、役立てることが可能だ。費用は三〇〇〇円ぐらいのものであり、緊急時の製品に入れておけば便利だ。雨が降れば飲み水の確保は可能になる。私は冷蔵庫の中にセラミックスの小石を並べその上に牛乳を置いている。牛乳の賞味期限がきても味が変わることはないし、飲んでも異常はない。牛乳が殺菌されているものと思われる。賞味期限を何日間か延長されていることになる。

以上の様に、テラヘルツ波は、今まで経験をしたことがない各方面での効果を期待できる。生活面で効果の出ることは，古崎博士の大きな功績と言うことができる。この功績を皆が享受できるようにするのが我々の務めである。

＊

私の家にはもう一つ別な水がある。ひとつは「石の水」と呼び、もう一つは「痛みの水」と呼んでいる。石の水はテラヘルツ水のことであり、小石から作ることが出来るのでそう呼んでいる。もう一つの方は家内がリウマチで痛いときに噴霧すると穏やかになるので､痛みの水と呼ぶようになる。「痛みの水」も「石の水」と同じぐらい不思議な水であり、共通点は両者とも噴霧をすると効果があることである。

私の知人は建築の仕事をしていたが、仕事が行き詰まり倒産した。再起を目指して次の仕事を模索していたが、地域おこしと関係した仕事を考えるようになった。中心となる人物を探していたが、イギリスに留学中の加世田国与士博士が目に止まった。この人なら別府温泉に関わる研究をしてくれると感じたからだ。ここが友人の勘の鋭いところである。友人は連日加世田博士に電話攻勢をかける。それが一ヶ月に達したとき、加世田博士はアメリカの大學に行く予定をキャンセルし、試験管ひとつない別府温泉に行くことをきめる。友人の熱意に負けたことになる。加世田博士は皆から立派な研究所が幾つも待っているのに、そんな日本の田舎にどうしていくのか、と怪訝がられたという。

研究所を作り、研究機器を整え、研究助手を雇用することから始め、研究を開始するまでにはかなりの日時を要した。博士は別府温泉から流れ出る湯水のところに存在する石に付着した植物（藻）から、アール・ジー（ＲＧ）９２という藻類を発見し、これが温泉の効能を発揮していることを突き止めた。化粧品として売り出され、サラビオ温泉微生物研究所の主要製品になっている。しかし、本当は化粧品ではなく、医薬品として売り出したいところであろう。多くの大學との協同研究があり、抗炎症作用があり、糖化や酸化を抑える力があるという。

もう少し詳しく書くと、炎症性サイトカインを抑制し、炎症で誘導される痛みや痒みを抑える。私の妻はリュウマチがあり、痛みが悪化する早期にこの化粧品を散布すると改善する。噴霧するだけで症状が改善するので便利であり、「痛みの水」と呼んでいる。痛みがひどくなった時を思うと、簡便にして即効性があるのでありがたい。しかし、手遅れになり痛みが酷くなると手に負えない。私も喉の痛みを感じることもある。まず、「石の水」を噴霧して殺菌する。痛みのあるときは炎症の始まりであり、「痛みの水」を噴霧する。アール・ジー（ＲＧ）９２の入った化粧水を噴霧するだけである。私は頸椎打撲をしてから、足の麻痺を来たし、軽い転倒を繰り返した。痛みに耐えなければならないことがしばしばであったが、打撲後の軽い症状には効果が抜群だった。

我が家では美容の化粧水としてよりも健康化粧水としての役割が大きかった。薬品として製造できないか幾つもの製薬会社に問い合わせたが、合意は得られなかった。これが製品になれば、今までの痛み止めなどの薬が売れなくなると心配する。医師にも使ってみてほしいと持ちかけたが、使わなかった。症状がなくなればどうなるかを考えるのかも知れない。「石の水」も「痛みの水」も同じような道を辿っている。時間と財源がなければ世に出すことが出来ない。ここを何とか出来ないものか。

医療、介護の財源は大丈夫か

社会保障給付費という言葉がある。役所の言葉というのは何を意味するのか解りにくいものが多い。

社会保障とは年金、医療や介護、子育てなどのことを言っており、給付費とは一年間に必要な額を指している。二〇二〇年の予算で必要だった額は、一二六・八兆円だったと聞くと、凄い額の金が毎年必要になると驚く。しかし、六割は皆さんが毎月出している保険料で支払われ、税金から払う額は四割で、地方から払う分もあるので、国の払う分は三五・二兆円だと聞くと気分はかなり楽になる。年金では積立金が一八〇兆円も貯まっている話を聞けば、さらに心は落ち着く。国が出す分は、年金一二兆円、医療一二兆円、介護が三・五兆円と具体的な数字になると、それ位は必要だろうと納得がいく。ただし、この給付費の中に個人負担の分は入っていない。

年金は基礎年金の半分、五〇%は税金から出るようになっているので、毎年国の予算が必要であるが、年金を貰う人が予測できるので安心していることができる。しかし、医療はどんな病気が流行るか分からないし、どの様な治療法が生れるか、予測できないことも多い。治療法は年々歳々進歩することが予想され、医療費の増加は避けられない。さらに介護をうける環境の人が増え、内容も重症化することが多い。介護施設も増え、ヘルパーの人員も対応しなければならない。介護の内容は充実してきたが、そえだけ必要経費も増加してきた。伸び率は医療を超えている。今までは医療費を抑えるため介護を充実してきたが、介護の伸び率が高くなると、それも不可能になる。今後は介護も抑制する時代を迎えるに違いない。

介護予防を考える時代が到来した。

地方自治体で介護を受けない高齢者の割合が多いところを評価する制度が取り入れられるに違いない。長野県は一人当たりの医療費が少ないため評価された時代があった。次は介護であろう。

二〇二五年を一〇〇とした場合、二〇四〇年には介護が六八・六％伸び、医療は四四・六％伸び、年金は二一・二％伸びる計算になる。厚労省の試算である。二〇四〇年はそんなに遠くない将来であり、介護は年金の三倍伸びることになる。国が介護に着目する理由がわかる。

しかも二〇四〇年には高齢者の人数が落ち着き、就業者数が減少に転じる時期であり、それまでに女性、高齢者の社会参加をしやすくし、働きやすい社会作りに励まなければならない。健康寿命を延ばし何時までも働けるようにする。特に医療、福祉の分野を注目し、働きやすい現場を作るように努める。健康寿命を延ばしながら、できるだけ医療や福祉現場で働けるようにする。そんな社会を作らなければならない。介護をする側の人を増やす社会、それが介護を受ける人を減らす社会に連なる。そのためには具体的に何をすべきか考える。七〇歳まで働ける社会を作るため、副業や兼業が出来やすいようにする、中途採用が出来やすい制度にする、地域でつながりやすい働き方にする、などを検討する。健康寿命を延長するためにはどうするのか、大きな病気にならないように気を付ける、予防については早期に行なう。七〇歳を過ぎれば、無理せずサボらず、働くのが良いと考えている。

介護施設を作ると利用者を募集する。そうしなければ維持できない。

しかし、社会全体で見ると、介護を受ける人を増やし、介護を行なう側の人を減らしている。自助努力をする人が少なくなり、人任せの生活が身についてしまう。三食洗濯付きの生活はありがたい。年金プラス貯蓄でそれが可能な人はかなりの人数になると思われる。全国で年間五五兆円におよぶ年金額を有効活用し、介護社会を回すのも一つの方法かも知れない。五五兆円という巨大な額からすればまだゆとりがあると思う人もいるだろう。

しかし、それで良いか。せっかく手にした年金額が足りないと思う人の方が多い。世界から褒められるほど、日本の年金制度は充実しているが、生活に十分な額でないことは確かだ。もう五万円多ければと思う人がどれほどいることか。年金をより有効に活用できる社会を作らなければならない。年金額を増やすことができない以上、使用することの少ない社会を作る以外にない。みんなが少しずつ我慢をする社会を作ることだ。

介護のことに戻るが、自分でできる事は自分で行ない、人の手を借りない工夫をすることが求められている。それが今の介護に突きつけられている大前提である。その範囲の中でどう考えるかだ。施設として成立しなければ、維持できない。それを理解した上で、どうするかを考える必要がある。

現在の介護制度は医療と同じく保険制度を採用しながら独立採算制を認めている。公的な施設と私的な施設が並立している。公的な施設は赤字が生じたときには、他から資金の導入する道が存在する．税が導入されることもあれば、大きい組織の中に設立されている時には、他から補填されることもある。私的で独立している場合には、そう簡単ではない。経営者が自力で赤字を埋める必要があり、赤字を出すことは許されない場合が多い。経営に努力する方向が、介護の必要性が少ない、即ち手間暇のかからない人を多く集めて、財源を生み出すことになれば、大前提に触れることになる。介護を受ける人の数を増やし、自分のできる事を減らしていく流れを作り出す。ここに一工夫必要であり、経営的自立と中身の健全性と、バランスをどうとるかだ。中身の健全性を点数化し、経営点数と健全点数から、コントロールする案を提案したい。

いずれにも片寄らない運営を奨励できないものか。医療保険のような詳細な点数表を作ることも考えられるが、それほど締め付けるのも如何なものか。介護保険法の第一条に書かれていることは、その能力に応じて自立した生活を営むことができる様にすることである。第二条には、介護保険は要介護状態の軽減又は悪化の防止に資するものと書かれている。介護保険は自立した生活を営み、加齢による悪化を予防するために作られたものである。

医療はどうか。介護ほどの伸びはないが、年金の伸びより二倍の伸びが続く。しかも現在の額が大きいので、影響は格別である。病気の多い高齢者が増えるので、医療を受ける割合が増え、医療費は元々増える環境にある。さらに医療の進歩による自然増も見逃せない。しかし一方において、世界最高レベルの平均寿命と保健水準を達成したことは、健康保険に寄るところが大きい。

健康保険法が日本にできたのは大正十一年四月二十二日のことであり、医療保険法ではなくて健康保険法になっている。第一条には、疾病、負傷、もしくは死亡又は出産に関して保健給付を行ない、国民の生活の安定と福祉の向上に寄与することを目的とする、と書かれている。大枠が掲げられていると言ってよい。国民の生活の安定と福祉の向上と言えば、すべての生活が含まれ、大正時代の当時の医療は、現在よりも生活全般に大きな影響を与えていたことが解る。

診療報酬は点数表で示され、細かく分類され、どんな診察をすれば何点、どんな検査をすれば何点と点数がつき一点一〇円になっている。どの医療機関も特別に収益を上げることはできない。経営の工夫をする範囲は狭められている。その中でどう医療費を節減していくか、難しい問題であるが知恵を絞る以外にないのだ。治療をして良くすれば点数は低くなっていく。治癒すれば点数は低くなってもしばらくゼロにはならないようにできないか。治癒への努力に報いる点数を考える必要がある。二人を良くすれば、一人分の努力点数が残れば医療側も満足できる。その代わり悪化をさせれば治療点数を減少させる仕組みを導入する。努力点数と割引点数の組み合わせである。体が健康になれば、名前は健康保険でも保険は使用できなくなる。そこを半年間の栄養剤投与を認めることにするのも一つの考え方である。患者の方も徐々に健康になる。

健康保険や介護保険を利用しながら、初期の目的を達成するため、努力を重ねる工夫が大事であり、努力も必要である。

最後に医療や介護に携わる方々に依頼する事ではなく、国がどう負担を増やしていくかの問題に触れたい。

税金と保険料をプラスした負担を国民負担率と呼んでいるが、これはヨーロッパ諸国に比較すると少ない。どれぐらい少ないかを見ると、フランスが六八・三、スウェーデンが五八・八、ドイツが五四・九英国が四七・八、米国が三一・八、日本が四四・三、いずれも国民負担率である。ただし、赤字国債の分は入っていない。これから必要な社会保障費は赤字国債ではなく租税と保険料で賄う必要があり、特に税金をどうするか考えなければならない。

高額所得者の税金を増やせば良いという説がある。他のところでも書いたが、高額所得者の数は少なく低所得者の数は多い。高額所得者の税金を増やしても低所得者の分をまかない切れない。国税庁が発表した「令和元年分　民間給与実態統計調査」によれば、給与年収が二五〇〇万円を越える人は、五二五五万人中一五万人程度、〇・三％であったという。年間給与一〇〇〇万円以上の人は約五％と言われている。現在もこの層の所得税は高い。さらに上げたとしても人数が少ないから低額所得者の必要分を補い切れない。そうなると、話は消費税に向かう。

諸外国に比較して消費税（間接税）が低いのは事実であるが、低所得者の負担が増えることに問題がある。年金なり医療なりに使うことを前提にして引き上げる以外にない。その合意が得られるか、十分な話し合いが必要になる。

新型コロナに多くの財源を必要としたので、これから難しい局面に入るだろう。低所得者の年金額引き上げとの合意なら、話し合いは進む可能性がある。低所得者の範囲を絞り込めば、中堅に負担がしわ寄せされることになる。税制に飛び火することは間違いないし、日本中を揺るがしながら医療、介護問題は進行することになる。日々の医療や介護であるが、今までよりもどう絞り込み、どう負担をするか、大きな山場を迎える。今世紀最大の山場かも知れない。

社会保障政策の手順をどうするか

ひとくちに社会保障政策と言っても多種多様である。年金、医療、介護、少子化そして生活保護と五項目を並べただけでも内容は複雑である。自民党総裁選挙については別項に書いたが、ある候補が年金改革を訴えた。他の候補は新型コロナの影響で医療制度の改革を述べていた。年金、医療、介護と並べて書く位だから、特別かけ離れた議論をしている訳ではない。年金を充実し基礎年金を一〇〇％税で賄うと消費税五％近い財源が必要になり、医療財源を食い込んでしまうことになりかねない。

同じ内容の事を言っているようで、一方は感染症対策であり、一方は老後の生活内容を充実しようとしている。年金改革を主張した候補は、財源論まで詰めていなかったこともあり、討論会では集中砲火を浴びることになる。当確が出なければそれは年金が災いしたと言われる可能性がある。

ことほどさように社会保障は一握りになっているが内容は複雑である。それぞれが多くの財源を必要とするため、一つを充実させようとすると、他にまわる財源を食い込み、他の改善が出来なくなってしまう恐れがある。一括りになっているが、相容れない存在でもある。隣同士でありながら、仲の悪い隣人になることもあるのだ。特に年金と医療は財源的にも両雄であり、そろって前進させる事は政府も避けてきた。新型コロナで多くの財源が必要になったときであり、年金はそっとしておいて貰いたいというのが、財務省の気持ちである。

今まで比較的財源の少なかった介護、少子化そして生活保護もそれぞれ予算が大きくなり、一年に二つまとめてとは行えなくなった。これからは毎年一つずつ改善する事になるのではないかと思われる。五つの大きな項目を改革するためには五年の歳月を要し、社会保障の前進は今までよりも進まなくなる可能性がある。政府に改革の意欲がなくなった訳ではなくて、財源の増加が障害になるためである。それだけに社会保障の優先順位は過去とは比べることが出来ないほど大切になる。

話は総裁選に戻るが、医療改革の必要な時に年金改革を取り上げることが、過去とは違いどれほど大きくなっているかを政治家は直感しなければならないと思う。現在を生きる若い世帯と、老後を生きる高齢世帯の対立にもなりかねない話である。隣同士のつもりが、一番の対抗者である可能性がある。

医療と介護は仲の良い仲間同士の関係に思われてきたし、そこで働く人たちも仕事を分け合うあいだ柄だと思ってきた。巨人の医療とコビトの介護は一つの財源の中で生きてきた。しかし介護の成長率は毎年医療の三倍ほどになり、小さいパンダの赤ちゃんは何時の間にか一人前のパンダに成長してきたのだ。何時の間にか医療費は一部を介護に食われ、気付いて見れば将来どれほど大きくなるか心配しなければならない状態になっていた。

衣食住の介護はどこまでも仕事量を増やすことが出来るし、豊かな高齢者はそれを喜び受け入れる社会が生れつつある。関係者も仕事を増やすことに懸命であり、医療より伸びの大きい介護の時代はさらに続くと思われる。医療と介護は敵対関係とまでは言わないが、同じ分野の財源を取り合う関係になる事は間違いない。

今後、医療関係者からは、介護の範囲や等級について厳しい意見が出るものと想像される。医療は予防の時代に入り抑制される時代になるが、介護は正常と異常との境界が不鮮明であり、まだまだ拡大の余地は残っている。特に部屋の掃除や食事の準備は出来るとも言えるし出来ないと判断することも可能である。体力の衰えは誰にもあり、生活習慣病でもあればそれと結びつけることも出来る。要支援1の時には「介護予防サービス」を受けることができて、予防分野に踏み込んでいる。

年金と生活保護についても同様である。基礎年金部分をすべて国庫負担（現在は二分の一）にすることになれば、その分生活保護は減額できる。生活保護を受ける人は減少するかも知れない。しかし、すべての人の基礎年金を国庫負担にすると消費税五％に相当する財源が毎年必要になる。生活保護が減る財源よりも大きな財源を要する事になり、国としては大事になる。消費税五％を上げることがどれほど努力のいることか、政治家は理解しなければならない。生活保護全体に必要とする予算は三兆六千億台であり、基礎年金の充実はそれを上回ることを知らなければならない。

これから子育て予算は優先順位を高くして行くこと大切であるが、親に対する予算よりも子供を中心とした予算を増やすべきである。両親が揃っている時も片親の時も関係なく支給する必要があり、片親の時はプラスアルファをすることも考えなくてはならない。児童手当の額も小学校低学年、出来れば小学校在学中はそれなりの規模にすべきである。国が出す児童手当予算額は三分の二であり、二兆円半ばと思われる。子供が減り未来が不安定になっている日本に取っては少額に過ぎると言うほかはない。子供は親が育てるものであり、児童手当は必要ない、との意見がまだ残っているが、子供は社会が育てるものであり、国の責任は回避できない。児童福祉法第二条には、国及び地方公共団体は、児童の保護者とともに、児童を心身ともに健やかに育成する責任を負う。と明記されている。それにしては国庫負担が少なすぎる。私の調査に間違いがなければ、生活保護への出費よりも少ない現状である。

少子化には国の盛衰がかかっている。尖閣列島など国の領有権を主張しても、その近辺に日本人がいなくなればどうなるのか、極端な話になるが四国に人がいなくなれば一体どうなるのか、考えると恐ろしい話である。このまま進むと今世紀末には六千万人を割り込むことになりかねない。二〇六五年と言えば目前の話になるが、二五歳から三九歳の女性数は半減することになる。少子高齢化と言われるが、ゼロ子高齢化の地方自治体が生れようとしている。もっと近い二〇三五年、男性の三人に一人、女性の五人に一人が生涯未婚になるとの数字を示す人もいる。

少子化の原因は深く複雑であり、財源を増やすだけでは決着しないことは理解出来る。専門家の意見を聞きながら、手順を間違えずに対策を立てなければならない。専門家といっても、少子化はいま目前で沸き起こっている問題であり、新しい問題点も多く含んでいるだけに、原因を明快に述べる人は多く存在する訳ではない。原因は多様であり専門でない分野のことも多く含んでおり、少子化を論ずる本格的な専門家がどれだけ存在するか、疑問な点も多い。それほど多角的な要因を含んでいると主張したい。

最近は結婚しない人が多いという。しかも女性よりも男性に多いという。先ほども書いたが、二〇三五年には男性の三人に一人、女性の五人に一人が生涯未婚になるとの数字はなぜ生れるのか、理解ができない。現在の世の中にはそれほど楽しいことが多く、結婚などは煩わしいことなのだろうか。

内閣府は結婚していない人にその理由を聞いている。「適当な相手に巡り会わないから」が五七％、「自由や気楽さを失いたくないから」が三二・九％、「結婚後の生活資金が足らないと思うから」二九・六％、「必要性を感じないから」が二八・三％と続く。男女ともに「適当な人に巡り会わないから」が一位であり、男性は「結婚後の生活資金が足りないから」が続き、女性は「自由や気楽さを失いたくないから」が二位を占めている。この傾向は正規従業員、非正規従業員の別なく続く。対策としては「雇用対策をもって、安定した雇用機会を提供する」が男女ともに一位になっている。

内閣府の統計を見ると、結婚しない理由は社会のあり方に問題があるから起こっているように感じる。相手を見つけられない社会、結婚しても食べていけない社会、ともに働けない社会、すべては世の中が悪いから結婚できない、と言いたい回答である。内閣府が出した答弁内容が誘導したとも考えられる。本当に皆がそう考えているのであろうか。昔は人の交流が少ない村社会の中で、相手を見つけやすい社会環境であっただろうか。仕事内容も限られていた時代に結婚した後食べていける仕事はどれだけあったでだろうか。そう考えてみると、内閣府の統計はどこまで信頼できるか、疑わしい面もある。

アメリカにおいても、現在一六歳以上の独身者は五〇%を上回っているそうだが、一九七六年には三七%であったという。独身者の増加は日本だけの現象ではないようだ。アメリカでも独身の理由をいろいろ聞いているが、その内容は様々であり、自分は外見的に好まれないと思っている人、会う人はほとんど交際している人がいると考えている人、交際することによって精神的に疲れる人、過去に失恋した人、その声は様々である。

充実した職業を持ち幾つかの趣味を持っている男性には、現在も将来も結婚という選択肢のない人がいることも事実である。確立した自分の職業をさらに前進させるためには、家族は煩わしいと思えるようだ。職業的には外資系の金融マン、理工系の研究者、医師や看護師、大企業の管理職、飲食業の店員などが挙げられている。

昔はいろいろの障害があってもそれを乗り越えて結婚してきた。しかし、今は何かがあるとそれを理由にして結婚しない時代になっている。結婚は人生にとって最優先課題でなくなっている事は間違いない。結婚しない理由をもう少し掘り下げて調べる必要があり、学問的な研究もすることが重要である。

確かに子供を産み育てることは楽なことではない。それでもこの相手の子供を産みたいと思う気持ちが優先してきた。

それがいま無くなっているのは何故なのか。動植物は子孫を残すことを第一義に生きている。人間だけがその中で子孫への拘りを持たなくなったのはどうしてなのか。脳の感性領域を研究している黒川伊保子先生はその原因は結婚制度にあると逆説的な意見をのべている。

この問題に深入りすることは避けて、社会保障の本論に戻ることにする。現在の大きな項目を五つ挙げ、その内容を論じてきたが、今後この内容はさらに拡がるのであろうか。事の善し悪しは別にして、少子高齢化がさらに進み、結婚しない独身者が増え続ける。独身高齢者が増え一人親子育て者が増加している。結局これから先単身生活者が増えて、高齢者でなくても病気や怪我で入院する人を含めて、看護や介護の必要な場合が多くなる。親がその役割を果たすことができなければ、問題はさらに複雑になる。

身内を減らす選択肢を選んだ結果は、普段は気楽であり苦労も少ないが、いったん事が起こった時には脆く崩壊する事になりかねない。独身症候群と言われる様々な事が起こってくる。生活費を含め、医療も介護もすべてを含んだ複合保障が必要になる. 今までの五大保障費の他に、「複合型」が登場し、社会保障はさらに複雑となり、より多くの財源を必要とする。結婚しない、子供を持たない、親と同じに住まない、これらを選んだ人が多くなれば、社会は決して気楽ではない。

厚生労働大臣一千日の経験から

厚生労働大臣を三年十ヶ月経験したが、これは戦後の最長不倒距離であり、今なお破られていない。

もう一つ、医師が厚労大臣を務めたことは、戦後私以外に存在しない。

国民の社会保障を充実し、健康を護るために存在する大臣であり、省はそのための役所である。

昨年からの新型コロナウイルスの発生により、厚労大臣や厚労省が登場する回数は多く、ニュースが取り上げない日は無いと言って良い。

しかし、叩かれる事も多い。

昔から厚労大臣は登場回数も多いが、職員の不祥事も多く行政上の間違いも少なくない。

すべては大臣の責任となり、大臣手当てを三ヶ月、六ヶ月と返上することが日常茶飯事に起こる。

野党も激しく責め立て、大臣が責任を取ると矛を収めるところがある。

厚生労働省は昔の厚生省と労働省が同じになったため、職員の数も多く目が届かないところもある。

私などは幾つもの責任が重なったこともある。

「叩かれるために存在する役所である」と揶揄した人もいる。

新型コロナを見ていると、発生率が増えるかどうかを予測できないと、大臣の先見性が問われる場合がある。

しかし、疾病の発生率は専門家でも予測しがたいところがあり、それを大臣がいつ頃から次の山場が来るのか予測することは難しい。

「いつ頃来ると思うか」と聞く新聞記者も程度が低いと言わざるを得ない。

ましてやイギリス型やインド型の変異株がどれだけ増加するかを聞かれても、答えることは出来ないに等しい。統計資料を基にして答えている専門家もいるが、変異株の資料は無いに等しく「分からない」と答えるのが正解である。

無理矢理答えを頼まれて、もっともらしく言うのは学者ではない。

そんな回答出来ないようなことを、大臣に言わせようとする記者も存在する。

大臣が言えるわけがない。

大臣には大臣しか答えられない事を聞いて欲しい。

「次の山場が来たとき、今までとは違う緊急事態宣言を考えていますか」

これなら聞く値打ちがある。

「飲食店への新規補償を考えています」と答えれば、夕刊のトップ記事になる事は間違いない。

「変異株が増大した時には、厚生労働省としてどんな対策を考えていますか」

これならまだ良い。

「空港や港における検疫強化をします。その人員確保のため、退職ＯＢの臨時雇用を考えています」と答えれば、ニュースになる。

ワクチンについても、外国頼みの現実ではどれだけ多く輸入できるか未知数であり、何時までにどれだけ、というのはあくまでも製薬会社の計画であり、その通り実行されるかどうかは決定的なことではない。

輸入の時期に多少のずれが生じても、それは政府の責められることではない。

企業にとって多少のズレはありがちなことである。

政府が一度言ったことを言い直すと「陳謝した」と流れる。

修正した事と陳謝した事とは別次元のことである。

政府の方の言い方にも問題がある。

「時期にズレが生じるかも知れないと会社は語っています」と言えば良いものを、「前回発表した時期にズレが生じるかも知れません」と語れば政府の責任になる。

前者の主語は会社であり、後者の主語は政府になる。

政府が主語でない発言を心掛ける必要がある。

責任回避の方法を述べているのではない。

責任の無いことまで責任を被ることはないと言いたい。

どの国も自国で開発したワクチンを早期に承認している。


日本はどうか。

昨年末には承認を得られると自信を持っていた会社がある。

しかし、年を明けてもう年央になるが、まだ承認されていない。

外国製品と同じように mRNA を利用した製品である。

治験をすべて省略せよとは言わないが、多少例数を少なくしても良いのではないかと思う。

自国ワクチンを早期に開発すれば、自国優先に利用できるし、メリットは大きい。

ところが日本では自国優先の機運がなく、役所任せになっている。

厚労省は自分の傘の下にある部署であるが、省として早期承認の声を挙げない。

内閣としても沈黙を保っている。

記者たちも外国からの輸入製品が遅れる事を取り上げ，政府の責任を責めるばかりである。

如何なものかと私は思う。

ワクチンの効果が変異株で低下することになったら、大変なことになる。

そうならない、と言う保証はない。

「そうなった時にはどんな対策が考えられますか」

マスコミとしては一度聞いておいても良い質問である。

「効果に変化はない、というのが現時点での専門家による意見です」

この様な答弁になるかも知れない。

「しかし、ワクチンの効果が低下しないという保証はありません。その時のために専門委員会を作っておきます」


一歩踏み込む可能性もある。

なぜなら、新型コロナの症例報告には、免疫拒否が含まれるからである。

免疫を受け付けない症例が遺伝子レベルで変化する事は考えられる。

専門家の意見を聞いておく必要がある。いざという時に慌てないため、準備をしておくべきだ。

免疫を受け付けない病気にエイズがあり、新型コロナはそのエイズの遺伝子を一部持っていると学者は報じている。

エイズウイルスを発見しノーベル医学賞を受賞したフランスのリエック・モンタニエ博士であり、インド工科大学のプラダン教授も論文を発表し後に取り下げている。遺伝子配列は指紋のようなものであり、消えることは無いという。

また、エイズ遺伝子の一部が自然にコロナウイルスに入る事は無く、研究室の中でしか入らないと述べている。

政府はこの問題をどう考えているのであろうか。アメリカは重大な関心を持ち捜査を続けている。

そして、新型コロナウイルスがどこから流出したかについても注目し、研究室をその中の一つとして感心をもっている。

日本政府もアメリカ任せにするわけにはいかない。

変異株に関わる問題であり、何時国民に危険が迫るか分からない。研究しているのであれば明らかにすべきであり、放置しているのであれば怠慢の誹りを免れない。

大臣在任期間中、幸いコロナの感染は無かったが、ＳＡＲＳの蔓延があり、日本には上陸を食い止めた。

二〇〇三年二月のことであり、ＷＨＯが正式に情報を流したのは三月一五日であった。

その文章は「ベトナムから始まり……」となっており、中国の広東省は欠落していた。今回の新型コロナもＷＨＯの中国より発言が問題になったが、ＳＡＲＳの時も物議をかました。

ベトナムの人は後に香港で罹患したことが判明した。

どうすれば日本への上陸を食い止めることができるか、毎日が壮絶な闘いの日々であった。

情報が確実に流れる香港、シンガポール、カナダ、ベトナムから情報を集め、飛沫感染であり、かなり近くで接触しない限り感染の起こっていないことが分かる。

飛行機でも患者より二〜三列離れていれば感染は見られなかった。

外国では病院内で医師や看護師の感染が目立ち、機能不全に陥っていることが分かってきた。

もっとも注意を要するのは空港における検疫であり、特に感染地域から帰還する飛行機については、機内での健康についての記入を克明にして、発熱等の症状があれば診察室で徹底的な診察を行うことにした。

高校には臨時増員も行った。

都道府県には特別な病棟を準備するように命じた。

台湾の医師でＳＡＲＳに罹患した人が日本を観光旅行していたことが判明し、六府県、大阪、京都、兵庫、徳島および香川の追跡調査を行ったことがある。

地方自治体からは国の政策が無いとお叱りを受け、観光地からは消毒をするだけで何の保証もないと苦言をうけた。

日本での発病が無かったし、短期間で治まったので救われた。


当時のことを思えば、新型コロナは立法も進み、長期の中で緊急事態宣言が何度も出され、度重なる補償も行われた。

過去に比較をすれば、優れた政策が列挙している。

日本における発病の有無が大きな違いとなり、立派な政策を重ねたにもかかわらず、国民からの批判を受けることになった。何となく、後追いの政策に感じられた。

これは発病者、重病者の違いに過ぎない。

諸外国に比較して，人口十万人当たりの発病者、重病者の数は極端に少ない事を考えれば、非難される事は無いはずだ。

しかも自由経済国の中で群を抜いて少ないのは評価されるべきである。この評価は歴史上で行われるものであり、衆議院選挙を間近に控えた今は困難と言わざるを得ない。国民の正しい評価を期待したい。

二〇～三〇年後、発病率が抑制されたことを評価する人が現われるものと思われる。多分、外国の学者が評価し、それを受けて日本の学者が評価する様になるのではないか。残念ながら、日本の評価は後になる。

話は違うが大臣当時、年金制度の改正を行い、百年安心プランを発表した。しかし、野党は勿論のこと、年金学者と言われる人を含めて、これで日本の年金は潰れると、猛烈な批判にさらされた。誰一人助け船を出してくれる人はいなかった。しかし、一〇年経って、年金、医療、介護の中で医療と介護の財政は極端に不足するが、年金財政だけは安定していると評価された。

外国の年金学者が日本の年金制度は特に優れていると評価したのである。どの国も迎える高齢化社会を乗り切るために、日本の制度を参考にすべきだと述べた。すると日本の学者の中から、日本の制度に対する評価が高まり始めた。

今では安定した年金制度として、多くの人がその恩恵を受けている。

年間市場に出回る年金額は五五兆円になり、地方財政の潤いにもなっている。

新型コロナが終わった後はどうなるか。皆が心配しているところである。

良い話があるのか、それとも悪い話になるのか。

悪いとは言えないが、新型コロナの補償として多くの財源を必要とした。

赤字国債で一時しのぎをしたが、何時までもこのままにしておく事はできない。

財源を何に求めるかは財政当局が考えることであるが、おそらく消費税の引き上げではないか。現在の一〇％を一三％にするのか一五％に引き上げるのか、どちらかを選ぶものと考えられる。

コロナ疲れをした国民には言い辛い話であり、引き上げは五年後ということになるかも知れない。

遅かれ早かれ出て来る話であり、時の政権は苦しむことになる。

国民に都合の良い話とセットにして示すことが出来れば国民に受けて貰いやすい。

しかし、都合の良い話はそれほど多くはない。

五%上げて一%を年金に回す案はどうか、高齢者は良いが若者に不満が残る。
しかし国の財政が将来四%分増えることは大きい。
五年でコロナ分を払い終わり、後は医療や介護に回すことが出来る。
住宅ローンを支援する案はどうか、若者には受けると思う。
高齢者にメリットはない。
多分こんなことを考えるに違いない。
いずれにしても財政問題が大きくのしかかってくる。
国民にとって明るい話が一人歩きしてくることは考えにくい。

毎年財政拡大の大きいのは介護費であり、続いて増大するのが医療費である。総額で見れば医療費が大きい。命に関わる話であり、そう簡単に削減するわけにもいかない。介護を増やし医療費を削減しようとして来たが、その介護費が拡大してきたのでそうする事もできない。

後期高齢者の医療負担を二割に引き上げる範囲を、さらに拡大することが考えられる。保険料は一〇%に近づき、若者は三割負担になっているので、これ以上上げられない。

私が大臣の時、青壮年の二割負担を三割負担に引き上げ、さらに保険料の引き上げも併せて行った。

そして、医療保険の一元化を目指し、診療報酬体系の基本的考え方を示した。将来の医療費上昇を見越しての話であった。

医師会をはじめ健保連からの大反対が巻き起こったが、不思議なことに新聞各社は賛成の意を表してくれた。将来を見ての改革、私は自信を持って断行した。

毎日新聞は社説でこう書いた。

「民主、共産、自由、社民の四野党も三割負担を凍結させる法案を来週にも提案するという」「情けない、負担増凍結や反対を唱えれば済む問題ではないのだ。今、国民の多くは生活上の不安を高めている。老後の生活を支える公的年金、医療、介護福祉の制度への信頼が揺らいでいる」「『凍結』は先行き不安を強めるだけだ」中心部分を紹介した。

朝日新聞はどう書いたか、次のような文節があった。

「野党の姿勢を見ると首をかしげざるを得ないのである。『負担増の前に医療制度の抜本改革を優先させるべきだ』と野党はいう。では野党は具体的な改革案と現実の手順を一致して示したかというと、そうではない。対案なき反対なのである。負担増の凍結という甘い話ばかり振りまくのであれば、自民党の族議員と同じではないか」朝日新聞社説は「坂口試案からはじめて見よう」という見出しになっている。

読売新聞の文節はどうか。

「だれしも負担増は避けたい。とりわけデフレ不況の今は、なおさらである。だからといって厳しい現実を直視せず、甘い言葉を振りまくだけでは，悪しき人気取り政策と批判されても仕方ない。」「医療保険財政の危機的状況を考えれば、引き上げ反対を唱えるだけではすまないことは、分かりきっているはずだ」

私は新聞各社の支援を受け、医療制度改革を断行した。医療改革には三つの柱をたてた。

一つは五〇〇〇を越える健康保険組合を統合し一元化を目指す。

二つ目は診療報酬体系の基本的な考え方を明らかにする。

三つ目には高齢者医療のあり方を明らかにする。

以上の柱のうち、一つ目は、中小企業中心の政府管掌健康保険は協会健保として一元化されたし、市町村国保も中核市を中心にしての統合が進んだ。

三つ目の高齢者医療については、後期高齢者医療保険制度として出来上がり、五割国庫負担、四割若年者の保険財源、残り一割を高齢者の自己負担となる。残りの一つ診療報酬体系の基本的な考え方については、ドクターコストとホスピタルコストを基準にして計算し、最終的に統合する案を提案したが、明確になったとは言いがたい。

今後の問題である。

しかし、今にして思えば，小泉内閣の高支持率に支えられてのことであり、菅内閣の現状では無理かも知れない。

菅内閣が決して悪いわけでないと私は思う。

コロナ対策にしても、無理を重ねて国民向けの政策を次々と打ち出している。

しかし、菅総理から受ける印象が地味であり、小泉総理の様な派手さがない。

テキパキと先手を打ってやっているという印象がない。

その人その人の持ち味であり、菅総理には落ち着いてじっくり考え、マイナス面を出さないようにしてくれるという安心感があるが、先手を打ってことを運んでくれるというプラス指向の印象が少ないように思われる。

あくまでも印象であり，善し悪しの問題では無い。

コロナの様な問題が発生したときは、先走ったことをするよりも、慎重に物事を薦めた方が良いと思われる。菅総理はもっと評価されるべきである。

しかし、世論調査の物指は別のものであるらしい。

人生一〇〇年時代を迎え、高齢者対策は前進し、高齢者には住みやすい時代を迎えたが、少子化はなかなか前進しない。児童手当もかなり充実し、教育費にも配慮され、奨学資金も多くの学生が受けられるようになった。

女性が雇用される環境も整備されつつあるが、それでも合計特殊出生率は一・四から良くなる気配はない。

結婚しない人、子供を産まない人は依然として多く、特に東京始め都市部に住む人にその感が強い。

結婚しない人は女性だけでなく男性にも多くなり、一人暮らし用の家庭用品が飛ぶように売れる時代を迎えた。

なぜ子供の人数は増えないのか。

今後の国や地方自治体はどんな対策を打てば良いのか、皆が考えあぐねている。

専門家の発言を聞いても、さほど目新しいものはない。

女性が働きやすい環境を作ると言っても、社会環境は良くなるかも知れないが、家庭における女性の仕事量はそれほど変わらないのが実情である。

男性の考え方が変わらないところに少子化の原因があると考えるのは私一人だろうか。

男の子を小さいときどう育てるかにも関係している。

社会の問題よりも家庭の問題がネックになっている。

自分の生活を見ても反省点は多い。国や市町村も家庭の問題まで深入りすることはできない。しかし、そこをどうするか、考える時を迎えている。

問題は日々の料理、洗濯とその後片付けを男性に教え込む習慣をつけるため、小さいときからの教育を徹底する。

特に男の子にすることが重要である。

これが最先端の少子化対策であり、国や市区町村の政策をどう絡ませるかである。

少子化対策は家庭の中にあり、家庭の中に届く政策とは何か、これからの政治家が考えることである。

高齢者の問題はなんと言っても年金である。

大臣時代、坂口試案を発表し厚生労働省案に結びつけた。


坂口試案の概要について。

国民の七割が老後の生活について、「年金中心+自助努力」をあげている。

子供からの仕送りを希望する者は二・三%にすぎない。

この国民に応える必要があった。

また、できるだけ負担を抑制し、適正な給付水準を維持する制度にする。

保険料負担は年収の二〇％以内とし、国民年金は月額一八〇〇〇円台までにとどめる。

これから保険料を納める若い世代にとっても、自分の出し分が一〇％は一つの限界ではないかと考えている。

給付水準は将来共に五五％前後を堅持する。（労使折半）平均勤労者世帯に置き換えれば、八・五％前後になると考えられる。

積立金一四七兆円は、今後一〇〇年後には一年分を残し、取り崩して若年層の年金に利用する。二〇一八年には利息で増加し一六五兆円になっている。

この年金制度は成立し、多くの人の老後に役立っている。

民主党政権は政権奪還後、最初に年金改革を行うと言っていたが、三年半の間に法案を出すことは出来なかった。

民主党の主張通りにすると財源がかかりすぎたからである。

年金は現在の高齢者を若年者が助ける仕組みであり、多くの若年者を育てておけば老後は楽になる。

同じ世代の中でも高額所得者であった人の年金は低く抑え、低額所得者であった人の年金はより多く配分している。助け合いの精神で出来上がっているのだ。

青壮年期に高額所得者であった人でも年金額は三〇万以下、低額所得者であった人でも二〇万ぐらいにはなるようにセットされている。

夫婦共に月額一〇万円台の人でも，夫婦合わせれば年金額は二〇万円ぐらいになるだろう。

年金や医療など社会補償制度を充実させるのが厚生労働省の役割であるが、実生活に影響するだけに国民からの反発も大きい。

しかし、長い目で見て，必要な政策を選ぶ国民が増えてきたのも事実である。

政府には，元気を持って立ち向かえ、と言いたい。

最後に謝罪をした幾つもの問題に触れたい。

京都にお住まいの方で、優秀な女児の母親がいた。

小学校三年生の時インフルエンザの予防注射をした。何の心配もなく受けた注射であったが、その直後から発熱があり高熱となり、意識障害にまで及んだ。

あらゆる病院で治療を受けたが遂に意識は戻らず今日まで母の看病を受ける事にな

る。

体育にも優れ、クラス会長を務める優秀なお子さんであり、母の嘆きは一通りではなかった。

しかし、誰が責任を取るわけでもなく、障害児として放置されてきた。

この期に及んで責任を明らかにすることも難しいし、副作用の可能性も否定できないとしながらも、誰一人取り上げてこなかった。

「何とかなりませんか」京都出身議員からの声であった。

「気の毒ですが、責任を取ることはできません」役所の答弁である。

「責任云々の話ではなくて、せめて大臣が会ってやってくれませんか。母親の気持ちの問題です」議員の声。

「今まで誰も会っていないのです」

「一度会って話します」

私は議員に約束し、母親の話を聞くことにした。

「責任を取る話はしないでください」役所からは釘を刺された。

薬や注射には副作用がついてまわる話であり、それは製薬会社の責任になるが、国が認可した以上、国も責任なしとは言えない。

しかし、今回のようなケースは注射の副作用なのか、お子さんが持っていた病気を誘発したに過ぎないのか、定かでない。

ましてや同様のケースがほとんどなければ、副作用と断定されないことが多い。

しかし母親にしてみれば、それまで心身共に優秀なお子さんが注射を境に意識障害にまで至れば、ただごとではすまされない。

秘書は私の気持ちと役所の立場を考え、地方遊説で京都乗り換えの日を選び、乗り換え通路で偶然に会った形をとり、話す機会を作ってくれた。

「今日、京都の乗り換え口のところで、あのお子さんとお母さんに会います」

新幹線の中で，秘書から聞かされた。

乗り換え口で、京都出身の議員と親子が待っていた。

お子さんは成長して大きなベッドに横たわっていた。

母親がつかつかと私に近寄ってくる。

「大臣、この子を元通りの元気な子にして返してください」

母親の顔が私の胸に迫ってきた。

母親は私の体を抱き寄せ、私の右胸を拳で三つばかり叩いた。
「この子を元通りにしてほしい」語りながら私の胸の中で泣いた。
「申し訳ありません。私にできることがあれば、何なりとお申し付けください」
私は深々と頭を下げた。
実質的には謝罪をしたことになる。
責任を取らない謝罪はあり得ない。
わずか五万円であるが、月々障害者手当てに上乗せをすることになる。
役所が知恵を絞った結果である。
母上から毎年年賀状が来る。
その度に心が痛む。
高齢化され、やがてお子さんが一人になる。
その時子供はどうなるか、その心配が書かれている。
辛い話である。
もうひとり、ヒロ君というクロイツフェルトヤコブ病に罹患した一九歳の青年を北海道札幌市郊外に訪ねた。

一歳の時、脳腫瘍になり手術を受け脳硬膜を使用してヤコブ病を発病した。

手術は成功し、元気に成長する。

高校になると保育士になるとの希望を持ち，勉強にも精を出していた。

しかし、高校一年生の時発病し，意識不明の寝たきりになる。

二〇〇一年一二月二六日、全日空機五九便は午前一〇時羽田をたち千歳に向かう。

空は良く晴れていた。

しかしそれに引き換え私の気持ちは暗かった。

ヒロ君を見舞う旅に出たのである。

国は裁判においては被告であり，和解勧告が出ているとはいうものの、私は争う立場の責任者であることに変わりはない。

一一時四〇分空港から札幌市内に向かう。

空港では晴れていたが、市内に入ると猛烈な雪になり、前が見えないほどになっていた。

ヒロ君の家は市内から一時間ほど車に乗ったであろうか、玄関には両親が出迎えてくれた。

「年末が押し迫りましてからお邪魔することになり、申し訳ありません」

ヒロ君の両親に挨拶をする。

「さあ、こちらへどうぞ」

笑顔で迎えてくれる父親に続くと、その奥にベッドがおかれ、ヒロ君が横たわっていた。

紅色の頬から、健康な高校生が横たわっている感じを受けた。

私はベッドに寄り添い、ヒロ君！　ヒロ君！　二度ほど声をかけたが、高校生はぐっすり寝込んでいるように反応しなかった。

「呼ぶと目を開けるのですが、先ほど風呂に入れましたので、すっかり寝込んでしまいました」と父親。

「これまでの経緯をお話しますと……」父上はさらにこれまでの成り行きを説明し、さらに家族の心情などを手短に述べられた。

しかもその間冷静に、言葉一つ乱れることなく言い終えられた。

私は父上のその真摯な態度に心を打たれた。

「本来であれば、もっと早くお見舞いにお邪魔すべきでありましたが、裁判所から和解勧告がだされ、それがまとまれば御報告を兼ねてお邪魔したいと考えておりました。しかし、それが遅れたために、年の瀬になってしまいました」

訪問の遅れを詫びた。

「手術をされた頃は、まだ何も分からない時ではありましたが、役所の対応が不十分でありましたことは，申し訳ないと思っています」

最後に対応が不十分であったことを詫びた。

母上が涙ぐんで何かを話そうとすると、父上はそれを制して、毅然とした口調でことの経緯を説明し続けてくれた。

私は、この父上に助けられた。

私は訪問の前夜、自分の気持ちを御両親にどう伝えるべきか、迷いに迷った。

そして、一枚の色紙を書いた。書いた字は二字、願望であった。ヒロ君が快復して欲しいと言う願望、御両親には政府への願望、私には許して貰いたいという願望、いろいろの願望がある。

すべてを含めて願望と書き上げた。

父上は「最後に渡してくれた願望と言う字の色紙が印象に残った」と語ってくれた。謝罪はしてくれるな、と言う役所の言葉とは裏腹に、心から謝罪した訪問であった。

一千日の大臣期間中にはいろいろの事があり過ぎた。楽しい思い出もあるが辛い思い出もある。叩かれて強くなった日々であり、長い目で見る難しさを感じた日々であった。

第2章

医療と政治

献血運動は私を替えた

献血事業は私が好き好んで行った仕事では無く、偶然にも転がり込んできた仕事であった。そして、この仕事が私の人生を替えることになる。人生とは不思議なものであり、巡り合わせとはこの様なことかと思う。

大学院を卒業し、スイスに留学の話が入学時期の問題でキャンセルになり、三重大学教育学部の保健衛生教室に助教授で勤めることになっていた。ところが先に勤めていた先輩の行き先が決まらず、二〜三ヶ月連れ込むことになった。

その時、教授から呼ばれ「献血運動が始まっているが、医師がいない。一ヶ月だけ手伝ってくれないか」。そう頼まれ私はアルバイトで赤十字に行くことになる。アルバイトは一ヶ月が三ヶ月と延びていく。変わってくれる医師がいなかった。赤十字三重県支部の事務局長であった服部さんからは、「坂口さん、なんとか一年間位勤めて貰えないですか」そんな話が来るようになる。

「一年ですか？」私は引き受けざるを得ない雰囲気になる。

献血者は少ないのに、大学病院などからは矢のような催促がくる。需給と供給のアンバランスは続き、献血の依頼に事業所廻りをする日々が続く。一方、教職員組合などの労働組合は、献血はベトナム戦争に使用されると触れ回り、反対運動を展開した。そんな社会情勢の中でも、手術は連日行われ、血液は必要であった。献血の血液が無いと売血が使われ、売血からは肝炎が副作用として併発した。


街頭で献血を行うと一つの傾向があった。

背広にネクタイの人はいろいろの理由を付けて協力しない。腕を出してくれるのは、スポーツシャツをさくっと着た仕事帰りの勤労者であった。一見、インテリ風に見える人は非協力、先生と呼ばれる職業の人は非協力。

「インテリとはどんな人か？」自問自答する日々が続く。インテリとは、知識階級、知識人と書かれ、具体的記述はない。知識のある人と、それを実行する人とは別である。知識を実行する人を知識人と考えていたが、どうもそうとは言えないらしい。

何でも頭から反対する人、反対はしないが協力しない人、そんな人が多すぎる。しかもお互いの人命に関わることである。売血では肝炎になる人が多く、病気が続く。それが肝がんに結び付くこともある。後にB型肝炎やC型肝炎であることが分かり、すべての人が国家賠償の対象になる。売血に反対しながらも、献血には協力しない。結果として売血を放任することになり、肝炎を蔓延させる結果となる。

私は人の行動を通じて、矛盾を知り、直す必要を痛感した。もう一つ、これで良いかと痛感したことがある。

献血制度を発足させたが、政府も赤十字も財源を十分に付けなかった。二〇〇ｃｃの血液一本でも要求があれば遠くの病院まで運ばなければならなかった。保存血液の製造、管理には財源がかかりすぎた。血液センターは赤字が蓄積した。全国のセンターは血液を集めやすくするため、返血制度を考え出した。血液が必要な患者が発生すると、その家族にその本数だけの献血手帳の提出を求めるようになった。売血ではないが、純粋な献血でも無い。返血という制度を考え出し、患者家族に必要な本数だけ献血者を集めさせた。名前は献血であるが、家族の負担は増え、親戚縁者を集めるため、献血の無理な病気の人も含まれた。売血者が紛れ込むケースもあり、血液は売血に近づいてしまう。

私は献血制度の趣旨に反すると考えるようになり、三重方式を提案することになる。労働組合と締結して、健康診断を受ける人の中で、献血をしてくれる人は健康診断を無料にし､献血しない人の健康診断料派支払いを受ける。多少の人件費は余分にかかるが、赤字を返還するだけの収入が増えた。

しかし、この制度に反対意見が発生した。厚生省と赤十字本社であった。献血以外の事業は認めていないこと、職員を余分に採用出来ないこと、などがあげられた。血液センターは診療所の認可を取っており、医療行為に問題はない。最初から先を見込んでレントゲン室も設置している。健康診断の準備は出来ている。健康診断のレントゲン車は日赤支部が持っている．人も含めて借りるだけの話だ。

問題は優れた献血を集めることであり、蓄積した財政赤字は誰が拭いてくれる訳でもない。自分たちで知恵を絞り、赤字を無くして立派な血液を集める。そのどこが悪いのか、私は反発した。日赤支部の服部局長も、責任は私がとると支援をしてくれた。赤字の生じる血液センターを放置して、優れた方法を考え出すと、許可しないとは何事か。厚生省はともかくとして、責任がありながら支援をしない赤十字本社まで反対とは何事か。

私は譲らなかった。これには三重県支部長の三重県知事も動かざるを得なかった。本社に許可を申し出た。知事は私に対し「血液センターを辞めるなら、赤字を拭いてから辞めろ」と言った人である。後に、私と衆議院選を争うことになる。知事は何度も本社に掛け合うことになる。そうしているうちに、私は五千万円あった借金を、八〇〇万円の黒字にした。これで、血液も多数集まり、日赤本社は沈黙した。

私は献血者に簡易血液検査をして返還する制度を確立した。献血者に検血をして返還する三重県方式を確立したのである。この制度は、私が国会に出てから全国に普及し、現在では献血に対する唯一の補償制度になっている。私は七〇回の献血をしたが、その当時の検査結果が手帳に残っている。コレステロールなどは正常であるが、尿素窒素が二四・四と高い。現在も高いがその当時にすでに高かった事が解る。

後に三重県方式を認める事になったものの、厚生省や日本赤十字本社は、私の方針に反対した。上意下達の官僚組織として、地方の熱意を取り上げない態度に反発せざるを得なかった。このことは、私の心の奥深くに残ることになる。インテリぶって協力しない国民と上意下達の官僚組織に対する反発が重なり、日本の国を変えなければならない、と言う思いになって沈殿した。それが後に火を噴くことになる。献血運動に従事することがなければ、私はまっすぐ医療の道を進んだにちがいない。

公明党の委員長、石田幸四郎氏から政治への出馬を要請されたのは、昭和四六年秋の事であった。当然のことながら、私はお断りをしたが、委員長は簡単に引き下がる気配はなかった。このやりとりは別のところにも書いたので割愛するが、学者になることも大切だが、その学者を育てる重要性を強調した。

それでも今までの私なら断ったに違いない。結果として、受ける事になったのは何故か。自分でも時々振り返ることがある。私の心の片隅に、社会の矛盾、上意下達の制度が世の中を歪にしているとの思いが残っていたからだ。大胆なことではあったが、委員長の申し出を受け入れた。

アルバイトで始めた献血への関わりが、私を替え、大胆な行動を生んだ。「政治家にだけはなるな!」これは母の遺言であった。それを破ることになる。そして、政治家の最終に、憎んだはずの厚生省（厚生労働省）の大臣に就任することになる。何という巡り合わせであろうか。小説でも書けない筋書きを、誰が書き上げたのであろうか。私は厚労大臣就任の挨拶の中で、官僚諸君を前にして、厚生省を憎んだ話をした。官僚諸君はどう聞いてくれたか。

それにしても人生の双六はどこに着地するか分からない。赤十字には七年間勤めることになり、次の仕事に着手した。血液センターの所長を務めることによって、医療を卒業したことになる。議員になると厚生省（当時）は豹変し、全国の血液センターに検査機器を配分し、三重方式を全国に広めることに賛同した。豹変の大きいのは赤十字本社であり、献血の返礼として血液検査をして返すことを奨励し、唯一の補償制度として宣伝することにしたのである。私も豹変したが、それ以上に役所の豹変は大きかった。最初に賛成してくれれば、私は替わることはなかった。医療の道をまっすぐ進んでいたに違いない。私に取ってどちらが良かったか、それは分からない。巡り合わせであったと思う以外にない。人生の筋書きは、誰が描いたにしても、描かれた通りに進む以外にないからである。なぜなら、筋書きは後から気付くものであり、先に解るものではない。

心の赴くままに進んできたのが我が人生であり、他人によってねじ曲げられたものではない。中にはねじ曲げられた人生を歩む人もあるに違いない。

献血運動は私の中で大きな役割を果たした。医学的運動というよりも社会的運動に位置づける。献血は人の心を揺り動かすものがある。体の一部を人に提供する運動であるだけに、善意があり、行動を伴わなければならない。後に満足感も生れる。それを集団の満足感に高めるため、いろいろの工夫も生れる。制度を作り予算を付けるだけでは成長しない。そこには創意工夫が必要であり、それを受け入れる度量を持った制度でなければならない。献血制度は法律ではなく、閣議決定をしただけのものであった。たとえ法律であっても、創意工夫を受け言える柔軟性があったかどうかはわからない。運用する時の幅の広さが問題である。

歴史は介護制度をつくる様に命じた

日本政治の歴史的背景と福祉を重視する政党の交差点に私はいた。

日本は高度経済成長を遂げ、少子化が進む中で、誰が考えても財政的に行き詰まることは明らかであった。

しかし政治家はなかなか増税を言い出せない。

選挙での敗北を覚悟しなければならない。

そうした中で将来の財政的均衡を考え続けているのが大蔵官僚（現在の財務官僚）である。

一九八八年（昭和六三年）竹下内閣は消費税三％を提案し、一二月に法案は通過した。野党はこぞって反対をしていたが、自民党側からは反対で良いので審議にだけは応じてほしいという要請がきていた。

政党間でどんな話し合いがあったか分からない。

私は或る日、矢野委員長から呼ばれた。

その頃党の政審会長をしていた。

「今、政府から取るものがあるとすれば、何があるか」

「大きいものなら、介護制度です」

「カイゴ？看護とは違うのか」

この頃、介護は一般的な言葉になっていなかった。

「カイゴです。高齢者を個人ではなく公的に世話する制度です」

「よし、それでいこう！」

何がどうなるのか、私には解らなかったが、私が具体的な案を大蔵省（財務省）と折衝することになる。

私は三本の柱を建てた。

ホームヘルパーの拡充、ショートステイ（短期間預かり）、そして特別養護老人ホームの増設。

これを制度として確立すること。

財政的規模として一〇〇〇億円位。

大蔵省役人はこの案をすぐに受け入れた。

福祉を立党精神とする政党にとって一〇〇〇億円の合意は大きな高速道路に匹敵した。

これを武器に消費税に反対しながらも法案審議に応じるものと理解した。

厚生（厚生労働）省はどう考えているのか、私は一度も話はしていなかった。

「厚生省はこのことを知っていますか」

「話してありません。極秘の話ですから」

大蔵官僚はこともなげに語る。

「知らないのですか」

私はあっけにとられた。

将来の福祉制度の根幹を話し合いながら、中心官庁には知らせてないという。

大蔵省と言うところは大きな権限を持ったところだと思う。

やがて厚生省の知るところとなり、女性の老健局長が飛び込んできた。

「介護保険を作りましょう」

これが第一声だった。

「消費税を作るときに介護保険までつくることはできません。将来はともかくとして、まず消費税で介護制度を作ってください。保険は先の話です」

私は諭しながら依頼した。

さて、これを国民がどう理解し、この道路と交差点は将来の国民にとってどれほど役立つものと判断してくれるかだ。

しかし平成二年（一九九〇年）行われた衆議院選挙では完全に反対した社会党が大勝し、審議に応じて反対した公明、民社は敗北した。

自民党は政権を維持した。

そして私は落選する事になる。

消費税導入の審議に応じた責任を政審会長が取らされる形になった。

消費税と入れ替えに介護制度を導入したが、それは評価されない結果となる。

介護への認識が国民的合意まで至っていなかったとも言えるし、消費税導入に手を貸したことの方が大きかったと言えなくも無い。

ここは大きい目で見て欲しいという私の思いとは裏腹に、世間の目は厳しかった。

落選をしたが、私の気持ちは決して落ち込んでいなかった。

消費税の導入と介護制度の導入は避けて通れないとの思いがあったからだ。

そして、この時手を差し伸べてくれたのは、介護施設を始めたばかりの友人、与那覇尚医師で沖縄出身の大陸的で将来を見据えた人格者であった。

私とは一つ違いの下級生で医学部の同窓であり、福祉への思いが強い人である。

三重県で最初に老人保健施設を作っていた。

高齢者の病院と家庭との中間施設と考えた方が良い。

「これからは高齢化社会、とりわけ介護問題は大きな問題になる」

与那覇先生はそう語り、

「手伝ってくれないか」と声をかけてくれた。

福祉を持ち出し落選した私を気の毒に思ってくれたのであろう。

「いい勉強の機会だから手をかしてくれ。もう一度議員になった時、必ず役に立つと思うよ」

「生活費は十分に出す」と付け加えてくれた。

友人から「もう一度議員になった時」と声をかけられたが、私はもう一度議員に復帰できるかどうか自信はなかった。

ましてや厚生労働大臣の要職が回ってくるとは考えてもみない頃のことである。

ただ高齢社会が来ることだけは間違いなく、介護が社会的問題になることは論を待たなかった。

私は老健施設の仕事を引き受けることにした。

私の最初の仕事は、地域医師会と老健施設が共存することの話し合いであった。医師会長は老健施設の運営を認めないと述べたが、施設の入居者が発病したとき、医師会に診察をお願いすることで折り合いをつけた。

入居者の診察も週二回は行うこととし、医師としてのカンも次第に取り戻すことになる。

心音を聞いていると、

「先生、聞こえますか」と、看護師が私に聞く。

「聞こえるのは確かだが、正常か異常かが分からない」

正直に答えたことがある。

看護師は笑ってその場にいなくなった。

こんな日々が続き、それでも私は医者らしく振る舞っていた。

やがて、正常、異常の区別も判断できるようになる。

この間も政治の歯車は大きなスピードで動いていた。

やがて小沢一郎議員が一族を引き連れ自民党を割って出ることになる。

平成五年に行われた衆議院議員選挙では自民党が過半数を割り、共産党を除く野党が結束をすれば自民党を上回ることになった。

私も再度立候補することになり、当選を果たす結果となる。

自民党を割った新生党（羽田孜党首）日本新党（細川護熙党首）など自民党で無い保守系に多くの票が流れ、反自民無所属議員を加えると自民党を上回ることになったのだ。社会、公明、民社を加え自民を除く連合体が政権を担当する方向に動くことになる。

私は三年半振りに再選を果たし、支持者に対する挨拶廻りの日々を送っていた。

「至急上京されたい。モーニング持参のこと」

石田幸四郎委員長から電話が入る。

「結婚式ですか」と私。

「仔細は上京後話すから、とにかく明日にでも上京してくれ」

かなり急いでいる様子であった。

委員長からの要請だけに、すべての約束をキャンセルして、私は翌日上京した。

党本部を訪ねると、開口一番
「大臣はできるか？」

石田委員長の顔は厳しかった。

「大臣？」

「そうだ、反自民、連立政権が誕生する。我が党からも何人かの大臣を送り出すことになる。その一人に君の名前が上がっている。どうかな……」

「何大臣ですか？」

「それはまだ分からない、これからだ」

大臣によっては出来る自信があったが、どの大臣もこなせる訳ではなかった。

「・・・・・・・」

「とにかく任せてくれるか、市川書記長ともよく相談するから」

「はい、分かりました」

こう答える以外になかった。

市川書記長が選挙の応援に津市へ来てくれたことがある。

そのとき、「今度坂口さんを当選させてくれましたら、必ず大臣にして見せます。私が約束します」

書記長は大声を張り上げたが、それは応援のための言葉であって現実になるとは思っていなかった。

後に、「あの時坂口さんに約束したことはそのまま実現したでしょう」と笑って話したことがあった。

市川書記長は先見性もあったし、世の中を変える力のある政治家であった。

小沢一郎議員と「一・一コンビ」ともてはやされた時代もあった。

長く続いた自民党政治に風穴を開けたという意味では偉大な政治家であった。

「坂口さんには労働大臣を引き受けて貰うことになりました」

石田委員長から言い渡されたのは、それから四～五日経ってからであったと思う。

細川政権が誕生したのは八月九日のことである。

労働委員会にはかって所属したこともあり、大臣を大事にする役所であったので安堵した。

九ヶ月務めることになるが、役所とはスムーズな日々が続いた。

新しい保守新党である日本新党の細川護熙党首が総理に就任したが、熊本県知事時代に佐川急便から受けた政治資金を追求されることになり、長く続くことはなかった。

翌年四月八日突然辞任し、新生党の羽田孜党首が総理に就任したが、社会党の離脱により僅か数ヶ月で終わってしまう。

細川、羽田政権は八党会派の寄り合い所帯であり、もろくも崩れ去ることになる。

その後も政治の混乱は続き、社会党の党首村山富市議員を首班とした社会、自民の連立政権が生まれる。

それぞれの政党は国民に約束した政治理念や政策よりも政権の座につくことを優先することになってしまった。

細川政権の八党会派が最も議員の多い社会党から総理を選択していたら、政治は違った経緯をたどることになったと思われる。

さらにその後、時をおいて民主党政権が生まれることになり、政治の混乱は暫く続くことになるが、政権が民主党に変わっても国民生活の安定や経済の回復が起こらないことを、国民もようやく知ることとなる。

二〇一二年一二月二六日、三年三ヶ月ぶりに自公連立政権として第二次安倍内閣が誕生し、以後安定した政治が続いている。

介護保険制度は民主党政権時代の二〇〇九年に制定された。

それまでの介護費用は医療保険から支払われていた。

介護の財源は医療から保険へと受け継がれた。

医療費の増大はひとまず介護に分担され、肩の荷を下ろしたが、介護費用の増大は医療費用の増大を上回りつつある。

再び消費税を増大し介護に回す日が来るに違いない。

財務官僚（大蔵官僚）の設計図はさらに書き換えられ、日本の財源確保は実現していくと思われるが、中心は消費税の増大であり、そのために色々の制度が生まれたり削減されたりすることになる。

政党や政治家はその谷間で翻弄されることになるが、日本を維持発展させるためには官僚組織の牽引力が必要であろう。

高齢化が消費拡大に向かっている時は、財務省の目先は高齢者に向かっている。

しかし、高齢化が日本の消費減少に向かい始める時、財務官僚は初めて少子化対策に乗り出すことになる。

それはいつ頃なのか、一日も早いことを期待しているが、まだ暫く時間がかかる。

公明党はいち早く少子化対策に乗り出しているが、財務省はまだ及び腰である。

子供の消費を伸ばさなければ生きていけない社会をどう作るかだ。

子供があれば少なくとも母子が活きていける社会にしなければならない。

歴史は何時動くのか。


話は介護に戻さなければならない。

政治の場で介護制度を進めるとき、自分がこの制度にお世話になることは考えても見なかった。

特別な環境の人で子供も無く老後が孤独な人のみに適応されるものと考えていた。

最後の看取りを受ける時のために、娘の嫁いだ近くに住所を移したことは事実だが、あくまでも自分の力の範囲で生涯を終わる計画からのことであった。

ところが予期せざる出来事が起こった。

講演の依頼を受け、上京する途中岡山駅で転倒して頸椎を打撲した。記憶はない。

気づいた時には、何処へ行くのか、車に揺られている自分の存在であった。

後に解るが、それは救急車の中だった。

頸椎打撲による苦しみは別項に譲るとして、一一月に私は退院し介護制度の恩恵を受けることになるのである。

今まで、介護保険はかけるものの、自分がその恩恵をうけることになるとは予想もしていなかった。

入院三番目のリハビリ病院を退院してようやく家庭に戻るとき、

「坂口さん、要介護の等級検査を受けてくれませんか」

「私が介護サービスを受けるのですか」

「そうです。暫く自立は難しいですよ」

「はい……」

「何か、理解のできないことでもありますか」

「そんなことはないのですが、私が介護を受けることになるとは思っていなかったものですから」

本当のところ、自分が介護を受けるとはユメユメ考えたこともなかった。

「足に麻痺が残り、自立出来ないのですから介護は当然でしょう」

そう言われればその通りだが、自分にはまだ快復の力が残っている。

全快をして介護のお世話にはならないという自負が十分にあった。


そんな思いとは裏腹に、私は悪戦苦闘の日々が続いた。

下着を着るにはボタンをかけなければならない。

指は動くつもりであったが、ボタンをかけるのもそう簡単ではなかった。

左右の指が協調して動かない。

ズボンやズボン下を脱ぐにも時間がかかる。

風呂で背中を洗うにはどうすれば良いか。

悪い方の足は靴下がはきにくい。

家内の手伝いを受けていたが、家内の仕事量が増えオーバーワークになってしまう。

娘が言う。

「お父さん、このままではお母さんが倒れます」

私は遂に介護士さんの手を煩わすことになる。

要介護度は介護支援1であった。

お風呂は一ヶ月間支援を受けて自立したが、部屋の掃除、買い物、洗濯などは引き続き支援を受けている。

医学界上の通信や友人からの葉書など、返事の必要なものが多いが、郵便箱が遠い。

郵便局や銀行への要件も頻回にある。

葉書が足りなくなったり、レターパックを急いで出す必要が生じたりする。

秘書を置く能力もなく、今まで自分で行っていたことが出来ない時は誰を頼むか、体が不自由になったものは介護士さんに「ついで頼み」をする以外に無い。

介護士業務からは外れているかも知れない。

人が生活をするには衣食住だけではない。

それ以外は仕事上の問題でそれは雇用関係であるというかも分からない。

しかし生きていくためには人間関係もあるし、芸術などの趣味もある。

それらを手に入れる時、自分の身体的能力が足りなければ、どうするか。介護士さんをそれだけに頼むことは出来なくても、買い物の「ついで頼み」もダメなのか、そこはゆとりをもって考えられるのではないか。

この法律を作るときそこまで考えていたかと詰められれば「そこまでは無かった」と脱帽する以外にない。

これから介護分野が拡大することを考えれば、衣食住に限定することになるかもしれない。

しかし、豊かな老後を送るためには介護の幅を考える時ではないかと思う。

改めて書くが、私は介護を受けるつもりは全くなかったが、不整脈で転倒し、頸椎打撲で四肢の麻痺を来したため、快復までの間、介護支援を受けることになる。

いったん受けてみると、高齢者には誠に都合の良い制度であり、洗濯や買い物を依頼するだけでなく、葉書の購入やポストへの投函、紙やペンなどの「ついで頼み」をするようになっている。

衣食住の範囲をはみ出すことになり、どこまでが介護の範囲か分からないが、介護の恩恵を痛感する昨今となる。

財政的に多少のゆとりがあれば、尚更のことである。

この制度が消費税と引き換えに生まれたとすれば、消費税は十分に生きているし、少子化対策に使用すれば効果は大きいと思われる。

「育児介護」という言葉があるかどうか不明であるが、育児に利用できる介護制度ができれば、少子化は改善されるものと思われる。

その財源は高齢者の分を削るか消費税をさらに引き上げるかである。

もう一度、歴史が大きく動く時を待つ以外に無い。

ハンセン病・判決の日

その日は朝から雲の多い日だったと記憶している。二〇〇一年五月一一日朝のことである。私は何時ものように靖国神社の裏にある議員宿舎を出て、閣議を済ませて参議院本会議に向かう。小泉純一郎総理に対する各党の質疑が予定されていた。小泉総理は四月二五日組閣を終えて、連休明けに衆参で新総理に対する質疑が行なわれていた。私は森内閣から引き続き厚生労働大臣を任命されていた。午前十一時ごろ、本会議中にメモがはいり、熊本地裁での判決により国敗訴の結果を知ることになる。

「やはり敗訴！」そう思いながら目を閉じた。

大谷元局長の言葉通り、歴史は動いていると思いながら、瞑想にふける。自分が大臣として解決しなければならない責任の重さを感じる。

ここで大谷元局長との出会いについて書く必要がある。この年の一月はじめ、六日が厚生労働大臣に合併した初日であったから、八日か九日であったと思うが、予告なしにひょっこり現われたのが、旧厚生省の医務局長だった大谷藤郎氏であった。当時は国際医療福祉大学の学長を務めていた。

大谷氏は私にこう語った。

「五月一一日にはハンセン病の熊本地裁における国を相手にした判決が出ます。おそらく、国は敗訴するでしょう。その時、大臣がどう発言されるか大変難しくもあり、重要なことになると思います。それまでに、この本を一読して置いてください」私に一冊の本を手渡した。

これは大谷氏の書かれたもので、ハンセン病の歴史や隔離政策がなぜ行なわれたかについて記されている。「らい予防法廃止の歴史」

「五月ですか、私が大臣をしているかどうか？」

「いやそれまでは、坂口さんに大臣をして貰わなければなりません」

大谷氏は熱の籠もった口調でいうとこうつけ加えた。

「医者でないとできない仕事です。戦後の長い間で医師が厚生大臣になったのは、貴方が初めてです」

私は渡された本を何度も繰り返し読むことになる。

「これはただごとではない」

ハンセン病の歴史を知り、特に生涯にわたる隔離政策を強制的に行なった歴史を知って、そう感じた。隔離政策の悲惨な実態を知り驚愕した。戦後の新憲法下で基本的人権が叫ばれているときに、平成八年までこの法律が続いてきたことは許されないことであった。しかも、ショックを受けたのは、ハンセン病を専門に治療してきた医師たちが、率先して隔離政策の継続を主張して来たことであり、廃止を主張する側に立っていなかったことである。政治家や官僚の責任もあるが、専門医たちが医師の立場で何一つ忠告してこなかったことは許せない事であった。人間の罹患する病気は一万を越えるという。その中には伝染病も数多く含まれるが、生涯隔離される病気は一つも存在しない。ハンセン病は伝染病であるとはいえ誰にでも伝染する病気ではなく、それが証拠に戦前戦後を通じて療養所の職員で罹患したものは一人も存在しない．それに比較して、結核療養所においてはどれほど多くの職員が罹患したことか。

ハンセン病治療のためのプロミンという特効薬が戦後間もない昭和二〇年代には登場し、三〇年代にはさらに優れた抗生物質が登場している。

昭和三三年一〇月、東京で「第七回国際らい学会議」が開催され、成功裏に終了したことが記録に残っている。この頃、国際的には解放治療がすでに主流になっていた。会議の中の社会問題分科会では次のような決議がなされている。

「政府がいまだ強制的な隔離政策を採用している国は、その政策を全面的に破棄するように勧奨する」こう述べている。また、次の様に述べている。

「我々が目指さなければならぬのは、『らいは隔離すべき病気であり常に特別な援助が必要である』という考えをうち砕くことである」

この会議には厚生省ももちろん参加し、学会発表も行なっている。しかし、日本の政策に変化を与える事は無かった。ここが不思議である。

日本で行なわれる国際らい学会議であるから、日本が中心になって開いたことに間違いない。その中で、決議をしたことを自分の国に反映させなかったのは何故なのか。当時のマスコミも全く取り上げていないし、会議が開かれたことすら書かれていない。しかし、動いたところがある。沖縄・琉球政府だ。この会議に出席していた当時の沖縄民政社会福祉部長アーベン・H・マーシャル大佐は、帰国後「らい予防法はいらない」と明言した。これがその後における、琉球政府の在宅治療精度に結び付くことになる。

日本の国には一体何が漂っていたのか、日本の思想は何によって毒されていたのか、不明である。私は医学部の学生であったが、すでに基本的人権は声高に叫ばれ、学生運動なども盛んであった。あの時代にマスコミにも乗らない、学者も叫ばない、政府も動かない、そんなことが日本に存在したことが不思議である。日本の民主主義はそれほど「あさはかなもの」であったとしか言いようがない。一つの病気に対してこれほど偏見を持つことが何故許されたのか、医学の世界でその事実を知りながら、誰一人それを指摘しなかったのはどうしてか。

大谷氏は著書の中でこう述べている。

「条文（らい予防法）の底流にある排除の思想は明らかに当時の日本の時代背景と直結している」

「日本のらい医学者と政府は、ヨーロッパ医学に学んだといいながら、ヨーロッパ医学の人道主義の面を学ばず、西欧列強入を目指して突き進んでいた日本の国家主義、国粋主義の影響をもろに受け、さらには積極的にそれを推進し、協力していったと考えないわけにはいかない」
日本の軍国主義は大和民族の優秀性を誇張するがために、それに反するものを抹殺しようとし、その象徴としてハンセン病が取り上げられ、生涯の隔離政策がとられ、患者さんの人権を無視することになってしまった、と述べている。戦後になっても、特効薬ができても、その考えは継承され、医学界までが協力することになってしまった。

五月の連休のほとんどを、私はハンセン病の勉強に費やした。勉強すればするほど憂鬱な気分になる。

昭和二八年八月、旧らい予防法に比較してほとんど改善されていない法案が、入所者の反対運動にもかかわらず、参議院を通過、成立した。この国会において、国立療養所の有名な園長が参考人意見を述べている。

「強制的に、このらい患者を収容する」
「強健を発動させる」
「らい家族の断種手術を勧めてさせる」
「逃走罪という一つの体刑を科する」

醜い言葉の羅列である。最も患者の側に立たなければならない人たちが、戦前の思想を鵜呑みにして、患者の人権を無視する側に立ってしまった。この園長はハンセン病患者の治療に努力され、大きな功績があったことは事実である。治療に努力したが、人権無視の側に立ってしまった。医師とは何か。私は考えた。患者のため科学的治療を行なうのは当然のことながら、患者の人権を守り、患者の生活を守ることができてこそ、医者としての役割を果たすことができる。

昭和二八年といえば、すでにプロミンという化学療法剤が存在し、ハンセン病は治ることが明らかになっていた時代である。なぜ隔離政策が強行され、その上断種や堕胎という非人道的な行為が強行され、更に加え逃走罪までどうして作ろうとしたのであろうか。

私は医師としての責任を痛切に感じた。たとえ「タケノコ医者」であろうとも、患者の人権だけは守る医師でありたい。それが私の結論であった。

判決が出る数日前、私に一本の電話が入る。秘書は野中広務議員からだと言う。すぐつないで貰うことにする。

「坂口大臣、野中です。一一日は熊本地裁の判決がでますね。どんな判決になるか解りませんが、判決の如何を問わず、一度原告団の元患者のみなさんに会ってやってくれませんか」

「解りました．お会いすることにします」

「お願いしますよ．私も同時に行きますから」

短い電話はきれた。野中さんという大物政治家から頼まれることは稀である。よほどのことだと感じた。秘書と相談の上、一四日（月曜日）午後五時半、大臣室での会合をセットし、関係者に知らせた。もちろん野中広務議員の取れる時間帯を聞いた上での話である。

当日、原告団数名、弁護士を含めて一〇名を越える人たちを迎え、野中議員共々着席される。溢れんばかりの報道陣が一斉にフラッシュをたくなか、野中議員は立ち上がり「それでは私から一言」そう発言される。

「それでは坂口大臣よろしくお願いします。私はこれで退席しますので、万事よろしく」少し笑った様な表情を見せて、退席された。次の瞬間から大臣室は緊張した雰囲気になる。

「原告団の皆さん、本日はようこそ大臣室へお越しいただきました」まず、こう語ったと記憶している。

「患者および元患者のみなさんを生涯にわたって隔離し、いわれなき差別、偏見を与えてきたことをお詫びします」

言葉遣いが正しかったかどうか、分からないまま、私はまず謝罪をし頭を下げた。原告団長がすぐ反応する。

「大臣、今日は謝罪を聞きに来たのではありません。謝罪は控訴断念をして貰ってからききます。今日はこちらの話を聞いてもらいに来ました」

場の雰囲気が冷える。

「お話はお伺いしますが、こちらの言葉もお聞きください」

弁護団の一人が会の進行を申し出、三人の元患者の方々から、発病から今日に至る体験が語られることになる。その中に、鮮烈に私を捉えて放さない悲惨な体験談が含まれていた。それは五〇代後半と思われる女性からの発言であった。そのすべてをここに記したい。

＊

九歳の時に発病しました。

その日はおばあちゃんに
「良いとこへつれて行ってやるからね」

そう言われて連れて行かれたのが、離れ島の国立療養所でした。四国・香川県の大島青松園でした。

おばあちゃんは私をそこに置いたまま、泣きながら帰ってしまいました。

それからは毎日、毎日
「お母さんに会いたい、家族に会いたい」

と泣き暮らしました。

離れ島での療養所生活が一年ぐらい経った或る日、海を泳いで家に帰ろうと、逃亡を決意しました。四国の陸地が遠く彼方に見えました。

大島の海岸から懸命に泳ぎました。後で知りましたが、対岸までは三キロあるそうです。

「お母さんに会いたい」

ただ、その一念で泳ぎました。何時間かかったのかわかりませんが、腕がちぎれそうになるくらい頑張って、やっとの思いで四国の海岸に泳ぎ着きました。

「ああ、お母さんに会える！」

しかし、その喜びは、すぐ絶望に変わりました。海岸には療養所から連絡を受けた人が待機していて、たちまち捕まってしまったのです。

「お母さんに、人目だけ会わせてほしい」

と懇願しましたが、許しては貰えませんでした。逆に、逃亡した罪を問われ、厳しい仕置きを受けることになりました。

そのまま島の療養所に連れ戻され、独房に放り込まれたのです。独房は冬でも暖房はありません。食事は一日一回だけでした。生きて出られたら幸運といわれるような過酷な境遇でした。私は一ヶ月ちょっとで独房から出されました。

お母さんには遂に会えずじまいでした。お母さんが亡くなったことも知らせてはくれませんでした。

私は自暴自棄になりかけました。しかし、入所者の夫と出会い、結婚することができました。やがて、お腹に子供を宿しました。なんとかして生みたかった。でも、赤ちゃんは殺されてしまいました。妊娠八ヶ月の時、強制的に早産をさせられたのです。

八ヶ月の子の、小さいけれど元気の良い産声を聞きました。自分の胸に抱きたかった。しかし、その子は何処かへ連れて行かれました。

その時に聞いた泣き声が最初で最後でした。あの時の赤ちゃんの泣き声が、いまだに耳から離れません。

＊

涙ながらに語ったこの人の体験談が、私の控訴断念を決定的にしたと言っても過言ではない。つらく悲しい元患者さんの話は、過去にもいろいろの場面で聞いている。しかし、この女性の話は、悲しい話というよりも、人の道を外れた仕置きを受け、その悔しさの溢れた話であり、国が犯した罪を別の言葉で語っていた。地裁の判決をしのぐ厳しい内容であった。

これが戦前の話でなく、戦後の基本的人権を認めた憲法のもとで、なお行なわれていたのである。

我が国のハンセン病政策は、明治四〇年制定の法律「癩予防ニ関スル件」に始まり、以来、平成八年の「らい予防法廃止」まで、実に九〇年におよんだ。その間、療養所長に入所者への懲罰を認める懲戒検束権を与えたのが、大正五年のことである。昭和六年には「癩予防法」が制定され、全患者が隔離対象となった。

ハンセン病患者の断種、堕胎を認める優性保護法が制定されたのは昭和二三年、強制的な堕胎は昭和五〇年代まで続いていた。

体験を聞いた私は返す言葉がなかった。体験を聞きながら私は赤いボールペンでメモをとっていたが、原告団の人が後に言うには、大臣の赤いペンが動かなくなり、涙が頬を伝っていた、と。私は人前で感情を丸出しにする方ではない。しかし、堪えきれないものがあったに違いない。大事な局面で、泣くことになってしまった。

「これ以上、裁判を長引かせないでください。控訴を断念してください」

原告団は口々に主張した。

「もう控訴はできない」心の中で私は呟いた。

熊本地裁判決の内容は、医学の進歩に伴って隔離政策が不要になったことを、旧厚生省と国会が見逃したと批判した上で、差別や偏見を取り除く措置を執らなかったのは厚生大臣の過失と認定し、「らい予防法」の隔離規定を廃止しなかった国会議員にも不作為がある、との厳しい内容であった。

国民の心情が判決支持に向かっていることは、十分感じられた。しかし、法務省や厚生労働省の官僚たちは、この判決を確定させると国策への影響が大きいと判断し、「控訴後に和解」の方向で、各方面の説得工作に奔走していた。

国が控訴するか、しないか、中身は厚生労働省のことであるが、国が当事者となる裁判の最終的判断は、法務省が下すことになっている。

法務大臣と会う必要がある、私はそう考え森山法務大臣に電話を入れる。

「森山大臣、一度お会いしたいのですが」

「私も坂口大臣に電話をしようかと思っていたところです」

「明日の朝如何でしょう」

「わかりました。朝八時参議院の国対にあります大臣室で待ちます。正式のルートでなく、会いましょう」

話はトントン拍子に決まり、翌朝非公式に参議院国対の大臣室を訪ねる。

「坂口大臣は、控訴断念で動かれているとか?」

「はい、人権問題として、許し難いと思っています」

「私も原告団に会いました. 心情的には同じ意見です。しかし、役所の意見は違います。それを無視することは出来ません。官房長官に気持ちを伝えようではありませんか」

「まず官房長官の判断を仰ぎましょう」

「わかりました！」

話は数分で終わり、誰にも会わなかった様に、厚労省に向かう。

小泉総理はどう判断するだろうか。マスコミにもいろいろ憶測記事が流れる。自民党の麻生太郎政調会長に対して、

「控訴で準備をしてほしい」

と言ったという話が、まことしやかに流れる。

一五日頃の閣議終了後の雑談で、総理はこう語った。

「坂口さん、あまり急がなくていいよ」

役人に対しては「結論を決めずに書類を私のところに上げて欲しい」これは「控訴の書類と控訴断念の書類を両方上げてほしい」と言う意味に取れた。

「総理、私は原告団に会いましたが、総理も是非会ってください」

「最後にね」

返事は言葉少なかった。最後に会って貰うとしても、態度を決定してからでは遅すぎる。決定前に会って欲しい。

総理の決断を促す意味でも、早期に自分の考えを進言するつもりでいたが、なかなかその機会はなかった。気があせるだけで、控訴期限は刻々と迫ってきた。総理には直接話す機会はなかったが、福田官房長官には私の気持ちを伝えていた。

一六日ごろ長官と会う機会があり、私はこう述べた。

「控訴すれば、それはまた一〇年裁判になります。元患者のみなさんは平均年齢が七四歳です。もうここで決着をつけなければ、高齢になりお気の毒です。失礼ながら、そう先が長いわけではありません。この裁判はここで終わらせるべきです。そして、元患者のみなさんに、大変だったけれども生きていて良かったと思って貰うべきです。それが、我々にできる責任の取り方です」

「お気持ちはわかりました。役人からは控訴の線で話がきていますから、よく話し合いましょう」

官房長官の言葉には暖かさを感じていた。

二〇〇一年（平成一三）年五月二三日の朝のことである。

「お父さん、辞めるの？」

長女の流美が新聞を持って部屋に駆け込んでくる。

「坂口厚生労働大臣、辞意」の見出しが、毎日新聞の一面中央に躍っている。

前夜、十一時頃からマスコミの激しい電話攻勢が続いたが、辞任の話は出なかったし、こちらからもそんな話はしていない。憶測記事ではあったが、考えて見れば総理との意見が違ったときはどうなるか、閣内不一致で辞表を出さなければならない。

「紙と筆を持ってきて」私は長女に頼んだ。

「一身上の都合により……」私は辞表をかいた。懐に入れて九段の宿舎を出る。宿舎のドアーを開けると黒山の記者団とカメラが待ち受けていた。

「辞表を出されるのですか」

「いつ総理に伝えられるのですか」

「辞表を出すなど考えていない」

事実、そこに至るまでには幾つもの関門がある。その第一関門である官房長官との会談に向けて、総理官邸へと車を走らせた。

お堀端の木々は何時の間にか緑の色を増していた。何時の間にか花の四月は終わり、気付かぬ間に若葉の季節になっていた。英国大使館の前を通り、暫くすると下り坂になる。車は総理官邸へと近づいていく。官房長官の言葉を通じて、総理の結論を知ることになるのだ。

「やはり控訴以外にない」

そう言われる可能性が強いと思わなければならない。マスコミは、官邸の決断はそういう方向で固まりつつあると伝えている。厚生労働大臣の意見が孤立した場合は、閣内不一致となり、その責任を取る必要がある。その時、持参した辞表を官房長官に渡すことになる。そんな思いを繰り返しながら官邸に到着した。

二三日朝九時、福田官房長官は何時ものように穏やかな表情で、森山法務大臣と私を迎えてくれた。

「改めて両大臣の意見を聞きたいと思います」

こう切り出した長官、古川官房副長官が同席していた。

私は控訴断念すべきであると言う意見を改めて述べた。森山法務大臣は役所の意見として、控訴することで固まっていることを述べられた。

「坂口大臣の意見は厚生労働省の意見ですか」

「これは大臣である坂口個人の意見です」

省として意見の統一ができていない以上、こう答える以外になかった。同席の古川副長官は元厚生省事務次官である。

「それでは厚生労働省としての意見は？」

「官僚たちの意見は別にあります。しかし、それも厚生労働省の意見ではありません」

私は率直な意見を述べた。省内で意見を統一できない以上、こう述べる以外になかった。副長官は元省事務次官であり、官僚たちは自分たちの意見を伝えているに違いない。副長官は官房長官に官僚の意見を伝えていると想像された。本当は大臣の意見が厚生労働省の意見であると主張したかったが、後の混乱を考えると、辛抱のしどころであった。

「役人からの意見は来ているのですね」

官房長官は副長官に念を押した。

「はい、来ております」

と副長官。

「夕方まで待ってくれませんか、夕方には結論をだしましょう」

「夕方、何時にお会いしますか．時間を決めてください」

「五時で如何でしょう」

私は五時に総理との会見を申し込んでいたので、その前に会いたかった。

「総理との会談の直前にしましょう」

夕方の約束をすると、官房長官室をでる。外には多くの記者が待ち受けている。

「控訴に決定ですか」口々に言う。

「決定は夕方です」

私は記者の間をくぐり抜けた。それにしても、福田官房長官の答えはイエスでもなくノーでもなく、夕方まで待って欲しいと言う第三の答弁であったのか。私は考える。控訴にするのならもう方向性は決めても良いように思う．夕方までの時間を欲しいというのは、控訴断念の時の理論の整理か、それとも控訴後の話し合いの筋道を作るためか、いずれにしても理論整理に時間がかかっていると考えられた。

「脈はまだある」

私は自分に言い聞かし、国会へと向かう。

この日、衆議院では厚生労働委員会が一〇時から開かれ、どの委員からも時の話題、ハンセン病訴訟の結論について、質問が相次いだ。なかには閣内不一致が生じた時にはどうするのか、そんな意見も相次いだ。午後からは野党の質問となり、鋭い質問が相次いだ。

「控訴を断念すべきである」

鋭い気迫の質問が乱れ飛ぶ。私の心は決定していたが、総理の決断が出る前に、結論を明らかにすることは出来なかった。

午後二時頃であったか、堀江秘書官からのメモが届く。

「総理が原告団と会談する。時間は午後四時をメド。会談時間は一〇分の予定」

いよいよ総理も決断する時を迎えている。時間が一〇分と短いが、会談に応じてくれたことには感謝する。私がそうであったように、総理も会って話を聞けば、心が決まる。

私は確信した。委員会の質疑を交わしながら、総理の会談についてのメモを見る。

「総理は四時、会談に入る。一〇分間の予定」

「四時三〇分、まだ会談は続いている」途中のメモである。

一〇分間の予定が三倍の三〇分を越えている。これは良い方向に進んでいると感じる。委員会質問が終わる午後四時五〇分頃、最後のメモが入る。

「総理と原告団の会談は四〇分におよび、総理は最後に一人一人と握手をして終わった」と。

総理の気持ちは決まったに違いない、そう思いながら、車を官房長官室に走らせた。

官邸に入る、黒山の記者団。

「結果はどうなりますか」

「わからない」

記者団の質問も微妙な変化を感じた。控訴一辺倒から、どちらに転ぶかわからない、との雰囲気が出ていた。

「失礼します」

五時五分前、官房長官室入る。

「すぐに総理のところに行ってほしい」

「総理のところに行くのはいいですが、結論はどうなったんですか」

「話は、総理の部屋で」

「・・・・・・・」

心配そうな顔をしている私の腕を引っ張るようにして、長官は声を落として言ってくれたのです。

「坂口さん、心配しないでいい、控訴しないことにしますから」

「それ、本当ですか」

私は安堵する一方で、まだ確信を持てないままで、総理執務室に入る。福田官房長官、森山法務大臣、私の順に席に着く。

「ごくろうさま、ごくろうさま」

小泉総理は正面中央の椅子に座ると、こう言いながら、口元に笑みを浮かべる。

一瞬間をおいて、前方の壁を見つめるようにしながら切り出した。

「控訴しないことに決定したいと思います。各大臣に異論がなければそう決定します。法務大臣、如何ですか」

「総理が決定されるなら、私は異存がありません」

「坂口さんは、もともとそういう意見だったから異存はありませんね」

「ありがとうございました」

そう言ったように記憶している。しかし、本当にそう言ったかどうか、何故かその時の言葉を思い出せない。私は気が抜けたようにぼんやりしていたのだと思われる。大臣として適切な答弁であったかどうかも疑われる。とにかく、誰かに礼を言いたい、そんな気持ちであったのだ。

「総理、原告団のみなさんに会って頂きありがとうございました」

「いや、坂口さんねえ、そんなに長く会ったとは思わなかったんだ。一〇分の予定で会ったのに、話を聞いていると、あっという間に四〇分経っていたんだよ」

これが控訴断念の決まった瞬間である。総理も緊張がとれて何時もの気さくな顔つきになっていた。総理執務室を出た時、記者団に質問を受ける。

「総理の決断を聞いて、どう思いましたか」

「総理の言葉を聞いて、私は体中の力がストンと抜けたような気持ちでした」

大臣の答弁としては、不合格であったかも知れない。もっと適切な言葉があったと思う。しかし、これが偽らざる心境であり、その時の状態を素直に表現したものであった。

次の厚生労働委員会が開かれた時、与野党全員で拍手をして迎え入れてくれた。今までに無かったことであり、みんなに感謝をしたい気持ちであった。坂口さんに変わる厚生労働大臣候補を準備しておくべきだ、と言っていた自民党議員のみなさんも喜んでくれた。

「坂口さん、今回は本当によかった」

多くの国民からねぎらいの言葉を頂いた。その中には多くの医療従事者が含まれていた。医師として、今まで声を上げなかった自分への責任を感じていた。反省の気持ちが流れていた。

控訴断念後、私は各地の療養所をお詫び行脚することになる。国立の療養所が一三カ所、私立が二カ所であり、平均年齢七四歳、四四五〇人の方が暮らしていた。桝屋敬悟副大臣と手分けをして。まわることになる。

大島青松園を訪問したとき、涙なくしては聞けなかった体験談の女性に再会することができた。この時には、晴れやかな顔になり、笑みもこぼれていた。

「あなたの告白で私の控訴断念は決定しました」その思いを込めて強い握手をしたが、解ってくれたかどうか。

この期におよんで、謝罪を言われても、そんな思いが人々の顔ににじみ出ているように感じた。謝罪の挨拶を終わり、「何かご質問があれば」と声をかけたが、どの会場でも質問者はいなかった。どの顔も気力を失った顔に思えた。長い間、国家権力に威圧されてきたためかも知れない。この人たちに、これからの余生を生きていて良かったと思って貰うためには何が必要なのか、私は考えることになる。国の犯した罪は、余りにも大きかった。基本的人権を認めた憲法のもとで、なぜ隔離政策が続き、誰も異論を唱えなかったのであろうか。

昔の医師はどう診断したか

昔といっても江戸時代に遡る訳ではない。私が医学部に入学した昭和三一年頃の話である。その頃は医学進学コースに入学し二年間の一般知識を身につけてからもう一度医学部の入学試験が行われていた。医療機器もそれほど発達していたわけではない。心電図が出回り始めたころであり、QRSは何を意味するか、など初歩的な事を医師たちが勉強していた頃である。後に京都大学の教授になった循環器内科の教授がいたが、この先生が言ったのは「詳しいことは聴診器で聞いた方が良く分かる」。心電図で診断するよりも聴診器で聞いた診断の方が確かだというのだ。

今までの慣れもあったと思うが、心臓弁膜症の音はここで（胸の位置）このような音がする、この様な音であれば弁膜に癒着がある、癒着のある弁膜症の患者を連れてきて、学生の耳に残るように徹底的に教え込んだ。

すべての科でこの様な講義が行われた。しかし、学生が全てを理解したわけではない。

ある内科の先生が腹部の診察について講義をしてくれた。まず視診の重要性を指摘し、平坦か腫れているか凹んでいるか、これで半分は診断がつくという。胃に潰瘍が有るかどうかは触診で分かるという。君たちは胃を抑えすぎる、紙一枚の感覚をおいて上腹部に手を触れ、呼吸と共に上下する。それが神業だという。これは誰にでもできる事では無い。抑えすぎないと言う意味は理解できるが，紙一重の触診でどう胃潰瘍を診断するのか、具体的な説明はなかった。

富士の如く私の前に聳えていた大阪の伯父は、自分の経験をよく語ったものだ。口に空気を貯めて叩く、口に水を含んで叩く、水半分空気半分で叩く，食べ物を口に蓄えて叩く、これを何度か繰り返し音の違いを覚えた。この伯父の教えは役に立ったと記憶している。私は卒業間もなく僻地医療に携わるが、そこに医療機器は何も存在しない。

患者と一対一で対面し、肺炎を疑う場面に遭遇した。肺に水がたまっているかどうかを判断しなければならなくなる。打診音で診断する以外に無い。患者を起こした時の胸部下部の打診音と、患者を横にして（悪い方を上にして）胸部下部を叩いた時の音の違いで見分けることが出来た。肺腔に水が入った音と水を移動させた時の打診音の違いで診断したのである。後に病院へ患者を送りレントゲンを撮ったところ、私の診断は正しかった。伯父が教えてくれた水を含んだ時の音と、空気を含んだ時の音の違いが役立ったのである。またある時、一歳位の男の子が時々激しく泣き、診ると腹部膨満がありガスが左側により多く溜まっている。腸捻転の痛みでお腹が腫れていると診断して小児病院に送ったところ、診断は的中していた。触診、打診の効果である。

別の内科の先生は、患者の胸部打診音に異常を見つけたという。左上肺野の打診音の違いを教えたが、分かる学生はいなかった。その先生は左手の中指を患者の左上肺野においてて右手の中指で叩いて見せた。その先生が叩いた音は左肺と右肺では確かに異なっていた。しかし学生が叩くと同じ音しかしなかった。きつく叩きすぎても弱く叩いても違いは分からない。叩く程度を何度も教えてくれた。レントゲンの結果、この患者の左上肺野にはガンが出来ていた。打診の仕方のコツを覚えるには暇がかかった。江戸時代の医師は打診や触診の前の視診で多くを判断していたと思われる。患者の訴え方を区分し、どの病気にはどんな訴えが多いかを見分け、どんな姿でそれを訴えているかを見分けていたに違いない。打診法が発見されたのは一八世紀中頃で、オーストリアの医師によって発表されたという。医師の父親が居酒屋を営み、樽を叩いてどの位酒が残っているかを調べていたことから、ヒントを得たと言われている。日本の江戸時代の中期にはおそらく知られていなかったのではないか。ちなみに聴診器は一九世紀のはじめフランスの医師が長い紙の筒を使って心音、胸の音を聞いたのが始まりである。さらに二十五年後アメリカの医師が現在の耳に差し込むタイプを考案し、以後このタイプが続いている。世界においても打診法や聴診法が用いられて来たのはこの二百〜三百年のことであり、日本では更に少ない期間の筈だ。医療機器の発達する前の医療にとっては大きな進歩をもたらす出来事であった。人体解剖の進歩と共に体内のどのような病気はどんな打診音になり、聴診音になるのか、解明されることになったのだ。大きな前進であったと言える。

熱のある患者を診たとき、すぐ解熱剤を使う事は無かった。私は大学病院の産科で熱の出た患者を受け持った。患者が苦しむので、私は解熱剤を使いとにかく全身を落ち着かせた。教授回診が行われた時に、どんな治療を行ったかを聞かれ、熱が三十八度を超えたので解熱剤を使用したことを報告した。教授は不機嫌になり、解熱剤は使用すべきで無い、と厳しく語った。熱がどんなタイプかを診ることが重要だという。一日のうちで朝夕の体温差はどうか、一日のうちで何度も体温が上下するか、日毎の体温差はあるか、などを見極めて診断に役立てる必要があると説明した。しかし、体温のタイプを診ている間に患者の一般状態が疲弊するのをどうするか、私は反論したかったが，素直に聞き入れた。現在では色々の検査があり、どのような病気の発熱であるかの診断は容易につくようになっているが、当時としては発熱のタイプで診断をする要素が大きかったと言える。教授は一風変わった人であったが、それだけではなく、当時としてはそういう時代であったのだろう。

昭和三〇年代の小児科は、病棟は腎炎の子供であふれ、中にはネフローゼという病名の子もいた。同じ腎臓の病気で悪くなった場所が異なり、病名も違っていたが、腎臓に病変のある子供たちである。現在は小児科の病棟に腎炎の子はほとんどいない。なぜその頃は腎炎が多かったのか、諸説があるが扁桃腺炎との関係が指摘されている。抗生物質の出現により、扁桃腺炎が悪化するまで放置されることはなくなった。腎炎の発生は併せて減少した。腎炎の子供たちは減塩食を強制され、ネフローゼの子は副腎皮質ホルモンの投与で丸い顔（ムーンフェイス）になっていた。学校も長期に休校して長い間の闘病生活を続けていた子供たちには、苦痛の日々であったと思う。若い医師が出勤して最初の仕事は、子供たちから出された早朝尿を検査することから始まる。多くのビーカーに入った尿を前に、この子たちを治す方法は無いのかと悲しむ毎日であった。

その頃の小児科の外来は、多様な疾病の子供であふれていた。目の悪い子も耳の悪い子も、そして皮膚に何かが出来た子も、子供はすべて小児科に来ることになっていた。目洗いから、耳の手当てから、皮膚の治療まで、すべてを小児科で扱うことになっていたのだ。夏休みになるとさらに子供たちがあふれ、午前中の外来が終わるのは、午後二時頃になるのは普通になっていた。ぐったりとして元気の無い子の多くには、二〇%のブドウ糖注射が行われた。この静注は若い医師に取って最も辛い仕事であった。小太りの子で静脈が見えない。腕は動かすので手の甲を持ってうっすらと見える細い静脈に針を刺すのだ。子はもちろん親までも泣いている局面で小さい手の甲に針を刺すのは勇気も要るし技術も必要だ。成功しなければ若い医師の面目が潰れる。密かに若い医師たちはウサギの耳で練習をした。ウサギの耳は血管は細いがまだ赤く見えやすい。ウサギで針を刺す技術を覚え、子供の手の甲で応用するのだが、コツは一度血管に刺した針先を動かさないことだ。動くと血管が外れて液や血液が漏れる。「若い先生はお許しください」と、母親が先に逃げることもある。しかし、ここは若い先生の仕事であり、任せて貰う以外にないのだ。母親にしてみれば、病気の事よりも泣き叫ぶ子供を何とかしてほしい、そんな気持ちで逃げ出す人もいる。若い医師にとっては試練の場であり、乗り越えなければならない場面である。何とかならないか、母親だけでなく、若い医師の気持ちも同じだ。しかし、上司の先生は次から次へと静脈注射の治療を出してくる。よほどの事がないかぎり上司の先生は手伝いに来てくれない。若い医師たちの治療を横目で見ながら、見るに見かねて注射をしてくれる。若い医師には見逃してはならない上司の手元であり、スパッと成功するのを見て、自分も何時の日かあのようになりたいと思う。皮膚から見えなくても注射の針を刺す血管はだいたいここを通っていると想像がつくが、人によって少しずつ異なる事がある。バリエーションといわれ違いがかなり大きい事もある。触診で皮膚の上から血管の位置を確かめてから刺すことが大事である。

バリエーションと言えば、血管では無いが、虫垂炎（ふつう盲腸と呼んでいる）に私の友人が罹ったことがある。本人も「盲腸だと思う」と言うし，痛い場所を抑える症状も典型的に出る。しかし、虫垂炎は左下腹部であるが、友人が痛いのは右下だという。友人の医師に電話をしたところ、それは別の病気だと答える。私は信頼する大阪の伯父に助けを求めた。伯父は間違いなく虫垂炎だという。しかし、診断を付ける前に調べて欲しい事があると語った。「心音はどこで強く聞くことができるか」といった。普通は胸下部左寄りであるがこの友人は右寄りに聴診できた。すると伯父は「そうだろう、その患者は内臓が左右逆転しているんだ」そう答えた。時たまであるがそういう人がいると話す。病院に送ったところ，確かに内臓が左右逆転していた。痛い場所だけを診て診断するのではなく、全体を診て診断をする伯父の凄さを痛感した。一例ではあるが、経験がものを言う世界だと感じた。伯父によると、胆石の手術をする患者がいて、医師はよく調べず開いてみたら逆方向に胆嚢があったケースを知っているという。伯父はさらに言葉を加えた。「手を抜かず、よく診て，結論をだす」

「手を抜かない」という点では尊敬する先生がいた。三重大学の小児科の教授で井沢先生は色々の基礎を教えてくれた。外来で診察するとき、すべての患者に基礎的な視診、打診、聴診を手抜きなく行い、隠れている症状を引き出す事例のあることを教えてくれた。「手を抜かない」典型と言える。頭を持って首を前に曲げる検査があるが、これで日本脳炎の初期であることを発見されたことがあった。その子は全快したことを記憶している。当時としては珍しいことであった。簡単な検査も手抜きをしてはならないことを教えている。高熱でもあれば誰しも行うが、あまり熱も低いとき、省略してしまいがちである。

昔の医療の良いところを書いてきたが、すべてが良かった訳ではない。特に大学病院などは権威を見せつけていた。そして診察内容が患者に分からないようにしていた。教授が患者を診てドイツ語でしゃべる．それを若い医師が書き留める。雰囲気としては患者から特別な病状を見つけ出しているように感じる。しかしそんなことはない。

腹部を見て、「バウフ　アインゲズンケン」と教授が言えば何事かと思うが、腹部は凹んでいる、とドイツ語で言っただけである。「フラッハ」と言えば平坦であると言っただけである。病状は医療側が握り患者側には伝えない、最後にどう話すか考える、それが当時の習わしだった。素人には分からない，そう決めつけていたのである。現在は如何にして正確に，しかも迅速に伝えるかが問われている。幾つもの医療裁判が起こり、医療側の不誠実さが指摘され、真実を患者に伝えなかったことから敗訴する例が続いた。医療の質が変化するきっかけになったと思われる。もう一つは治療が進歩し治る病気が増えたことも原因の一つと考えられる。患者がガンになったとき，本人に伝えるべきかどうかは長い論争になった。最近では発見が早ければガンは治ることが一般的になり，早期に本人に伝え，治療を開始している。この変化は今世紀に入ってからではないか。インフォームドコンセント（合意する）という言葉がある。インフォームド（よく理解した上で）コンセント（合意する）。よく理解するのは、患者中心の話である。日本医師会は定義を出しているが、これに色々の条件をつけ、患者中心の合意とは言いがたい。

ガンの治療をするとき、治療方法には手術、抗がん剤、放射線療法の三大治療法があり、その中でも化学療法は多種多様であり、このほか免疫療法や様々な代替医療が存在する。アメリカは西洋医療に代替医療を組み合わせて成功している。日本では三大治療以外は拒否反応を示す医師が多く，その中身についても中心となる医師の考え方が押しつけられ、患者の希望が通ることはほとんど無い。第四の治療法と言われる免疫療法ですら否定されることが多く、週刊誌などで叩かれる場合がある。それを信じる医師が存在することは嘆かわしい。

私が大腸ガンの手術を東京大学で受けたとき、結果は六期に分けてみると三期の始まりであり、早期ガンとは言いにくい状況まで進んでいたが、周辺臓器と癒着するほどではなかった。

「坂口さん、化学療法を受けますか」と教授。

「治るのなら，考えます」

「本当の話をしますと、ヨーロッパの学会でも問題になっているのですが、この進行状態ですと、化学療法を受けた場合と受けなかった場合とでは、六〇％と六八％位の違いです。数％の違いは集めた事例の違いもありますし、どれだけの意味があるかということです。再発率の話です」

「それでは、化学療法はやめることにします」

「そうしますか、また何かがあれば言ってください」

若い医師たちは予後三年と言っていた。私は二ヶ月後免疫療法を受けることになるのである。三年の予後が一〇年に伸びた。完璧な手術を受けた上での話だが、免疫療法の効果もあったと理解している。しかし、免疫療法に対する医師たちの見方は厳しく、今なお受け入れられていない。光免疫療法など優れた治療法が出現し、免疫の威力が示されているが、なお否定する医師が存在する。週刊誌に否定的な記事が載るだけで満足している学者がいることを悲しく思う。

医師たちは新しい論文に目を通し、世界の研究が前進していることを知らねばならない。医学論文は世界で毎日七〇〇〇本出るという。そのすべてに目を通すことは困難であるが、免疫治療だけに限ればそれほど多くは無いだろう。

エビデンスという言葉がある。ある治療法が科学的効果のある根拠を示すことを言っている。科学的根拠がない、と言う言葉で治療法を切り捨てる場合がある。それなら昔はどうであったか。ほとんどは科学的根拠が乏しく、治療は長年の積み重ね、すなわち伝統に基づいて行われてきた。特に東洋医学はその感が強く、歴史的伝統の治療結果が尊重され、それが大きな効果を発揮してきた。

それには現在、西洋医学的な科学的根拠を証明されたものも存在する。漢方薬の中には良く分析さえ、根拠の明らかになったものも多く存在する。しかし、もとは伝統的な治療結果である。アメリカではガン治療に鍼灸やマッサージが採用され、鍼灸の科学的根拠についての論文が幾つも出されている。各国にはそれぞれの伝統医療があり、西洋医学と混在して使用されている。日本の病院では東洋医療や漢方薬を頭から拒否するところがあり、その理由を明らかにしていない。

昔の医師はどうしていたか、富士のごとき存在だった伯父に聞いた話では、漢方薬などに対する知識も持ち、何を飲んでも良いかの指導も行ったという。昔はゲンノショウコなどの薬草を自宅で作っていたが、その使用法などの知識も与えていた。昔は往診には馬に乗って行ったという。伯父の馬に付き添い馬の世話をしていたと語る人に出会ったので、昔と言っても昭和の初め頃の事であったと思われる。

僻地医療、大杉谷の思い出

孫が医学部を出て研修医をしているが、ちょうどその頃、私は三重県のチベットと言われる山間僻地で医療に携わっていた。人口約千人弱、更にダムが出来てその建設関係者が五百人ほどいた。大杉谷村は平均寿命三五歳といわれ、県内で最も短命のところであった。その村に診療所が一つ、今まで医師は不在の沖が多かった。

三重大学衛生学教室から派遣され、私は先輩の後を受けて赴任した。昭和三八年五月のことである。年齢二九歳であった。診療所は看護師一人、事務員三人が私を支えてくれた。二〇キロほど離れたところに病院が一つあり、重症の患者はここが引き受けてくれた。

赴任した日の午後、患者の第一号が訪れる。耳が痛いと言って、少年が転げ回っているという。診ると、左の耳にコガネムシが入っている。ピンセットでつまみ出そうとすると、コガネムシの背中は固くすべってしまい、虫はさらに前へ進もうとするため、少年は余計に痛がる。大學の研修ではこんな患者は経験したことがなかった。私はどう治療して良いか分からなくなった。考え込んでいる私を診ると、看護師は言った。

「先生、虫に麻酔をうちましょう」

「そうしますか」

「分かりました」局部麻酔の注射薬をとりだすと、手際よく虫の臀部に針を刺し、虫は瞬時に動かなくなり、少年は痛みから解放された。麻酔薬を気付くこともさることながら、それを行う手際の良さは賞賛に値する。それから一年の間、私はこの人に何度も助けられることになる。

それから一ヶ月ぐらい経ってからのこと、午後になってから、登山者の遭難が起きたという。大杉谷渓谷から大台ヶ原に昇る若者が二人、滑り落ちて動けなくなっているとの情報が警察にはいる。警察からは医師に現場へ行って欲しいとの要請である。

「現場に行くのですか」驚きを隠さない私。

「行きましょう」と看護師。必要な医療用具を手早に整える。

「行こう」先導者に私と看護師が続く。険しい坂道である。

「向こうの山を下りたところが遭難の現場です．この山を下りて向こうの山を登るには二時間かかります。そこで、向こうの山の頂上まで石を運ぶロープが張ってあります。ロープに乗ればすぐに行けますが乗りますか。山の仕事をする人たちは毎日乗っていますから大丈夫です」

石を運ぶロープと駕籠は頑丈に出来ているとはいうものの、駕籠から谷はまる見えである。駕籠に乗るのは度胸と勇気のいることであり、私は何時もの如く躊躇した。

「乗りましょう」と看護師。

「乗るの?」恐怖が先になる。

「大丈夫よ、先生。私がついていますから」如何に丈夫な看護師とはいえ、もう乗る以外にないと思いながら、私は体が震えたのを忘れることが出来ない。駕籠の中にいる間、私は目をつむり看護師にしがみついていたに違いない。

遭難者の怪我は軽かった。診療所に着いたときはもう暗くなっていた。

流行性感冒が流行った時があった。上部の字で流行り始め、夜間の往診が増えたと思うと、翌日には中頃の部落まで患者が増え、そのまた翌日には最下部の部落まで、あっという間に拡がってしまった。川の流れに沿って、感冒は拡がって行くのが分かる。全村三日位で拡がり、夜間の往診が絶え間なく続き、私は寝る暇がなかった。

夜、目が覚めると、私は受話器を持ったまま寝ていた．往診の電話がかかり、私は受けたまま寝てしまったと思われる。どこからかかったのか記憶がない。

「しまった」と思いながら、布団の上で考えるが思い出せない。夢うつつの中で受けたものと思われる。もう一度電話のかかるのを待つ以外になかった。

「まだ来て頂けませんか、子供の熱がだんだん高くなるものですから」

「わかりました。すぐ行きます。往診が多いものですから」私は車を出すと猛スピードでその家に向かった。子供は発熱で痙攣を起こしていた。

私はできるだけ薬を少なくしようと考えた。日本の医療は薬代が多くを占めすぎ、医療崩壊の原因になりかけていたからである。成人病で継続して服用する必要のあるものは別にして、節減すべきものはカットした。これに対して住民からは、反対の意見がでた。

「今度の先生は薬が少ない。もっと出して貰いたい」

役場からも注文が来た。

「診療所経営に影響するので、薬をもっと出して貰いたい」私はやむなく薬の量を元に戻した。

薬の量を増やすほど国民が喜べば、薬の量は減らない。薬の量が増えるほど医療経営が充実する。ここが変わらないかぎり医療費を抑えることができないことを、私は学んだ。後に大臣になったとき、この事が役立つことになる。役人はやたらと薬品代を切り落とすが、医師は別の薬剤費を増やす方法を考える。国民が薬剤の増えることを喜べない道を考える必要があるのだ。正道は予防医学の充実である。薬は効果のある反面、副作用もある。長期服用の是非を教える事が大事だった。

もう九〇歳近い女性の一人暮らしの人がいて、時々胆石の痛みが起こる。それが必ず夕食後に起こり、その都度往診に出かけていた。その日も痛みが起こったと言うので往診に出かける。老婆は布団の上に座り、何時もと様子が違う。「どうしました?痛みますか」と私。

「はい、何時もの痛みがありますが、今日は別の話があって」

「別の話ですか」

「はい、聞くところによりますと、先生は間もなく診療所をお辞めになるそうですが、本当ですか。先生には随分お世話になり、身内の様な思い出に接してきました。先生、私は後一年も持たない体です。何とか最後まで診てやってくれませんか。お願いします」

九〇歳近い老婆は　布団に顔を埋めるように懇願する。

「おばあちゃん、まだ決まった話ではありませんよ。できるだけ長くいるようにしますよ」私はその場を言いつくろった。


早いもので、赴任から一年が経過して、私の退任の話が本格化していたのだ。そのことは村中にも拡がり始めていた。

一週間後、離職することが決まった午後、この日も私は往診に出かけていた。ふと前を見ると、九〇歳の老婆がこちらを見て立っている。これはまずい、という予感がした。

老婆は道を横切り、私の方に寄ってくる。そして転げ込む様にして私の右足にしがみつく。

「先生、帰らないで！　ここにいてください」その足を握る力は強かった。

私は呆然と立ち尽くす。言うべき言葉がなかった。居合わせた人たちは泣いていた。勝ち気な看護師も泣いていた。皆の気持ちも同じであったに違いない。

私の帰還は一週間後に迫っていた。

「私は一生涯、ここにいます」そう言えたなら、どれほど楽であったことか。

看護師が老婆を私の足下から離してくれた。間もなく老婆は無くなったと聞く。

進軍ラッパを吹きながら

私は性格的に喧嘩を好まない。

対人関係は穏やかにして、ゆとりのある日々を送りたいと思うことが多い。

一生を振り返ってみても激しい対立は少なかった。

しかしその中で、あの時だけは違った、と思うことが二回存在した。

医療の世界だけでなく政治の世界にも身を置いてきたから、考え方の違いによる衝突などは常に存在したが、もっと常識では考えられない荒々しい激闘を経験したことがある。

あたかも進軍ラッパを吹きながら前進する兵士を思い出す。

初回は医学部を卒業して衛生学の大学院に入学した時であった。大学紛争のハシリで、三重大学医学部の中で起きた。

そのころ三重大学医学部の教授は全員京都大学の出身であり、戦後新しく生まれた大学だけに京都大学の植民地支配になっていた。

「京都の出身ならバカでも教授になれる」そんな言葉が学内では横行していた。

事実これはと思う性格の人も教授になっていたし、三重大学の出身者は優秀な人材が学外へ左遷されるケースが多く見られた。


私が衛生学教室に入った時、教授が亡くなり次の教授選考が始まったが、大学には優秀な助教授が存在し、三重大学出身者のシンボル的存在であった。

京都からの教授を阻止して今度こそ三重大学出身者を教授にしようという動きが次第に活発になり、選考委員の教授たちへの波状攻撃が開始された。

教室出身者だけでなく、他の教室の先輩も加わり、大学上げての運動に盛り上がりを見せてきた。

そんな或る日、私はある基礎教室の教授に呼び出しを受けた。

「坂口君、君も今回の学内運動に加担しているのですか」

「はい、参加しています」

「止めるわけにはなりませんか」

「無理です」

「そうですか、今回のいざこざが続きますと、あなたの大学院入学は取り消しになる可能性があります。私はそれを心配してね」

「・・・・・・」

「一度良く考えてみてください」

私は一礼をしてその教授の部屋を出た。

もとよりこの闘争を止めるつもりはなかった。

私はいつの間にかひどく闘争的になっていた。

特定の大学出身者でなければ教授になれないことは私の許せる許容範囲を超えていた。

先輩を慕って入局しただけに、先輩と運命を共にする覚悟はできていた。

先輩は私に胸の内を打ち明けた。

「もし大学院を取り消されることになれば、私と一緒に山口大学に行こう。私と同じ騒音の研究をしている教授がいて、その先生が君を引き受けてくれる事になっている。将来の事は心配しなくてよい」

周辺も大きなうねりをみせていた。

学内の衝突は決定的になり、これでも強引に京都大学の教授が決定すれば教授室の前に机、椅子を積み上げ中に入れない作戦が考えられ、まことしやかに実行される話が学内を流れた。

体を張って入場を阻止すると語るものも出てきた。

事ここに至り、卒業生は引くに引けない、最後までいくしか無い、と思い始めていた。同じような植民地大学からも激励の声が聞こえ、支援部隊を送るというところも現われた。

大学紛争は全国的な広がりを見せ始め、私はその渦中で激闘部隊の一員として日々を送る。

今から思えば不思議なほど闘争心に燃えた植民地学生の一人になり、大学の独立を叫んでいた。

しかし、ある日を境にして、運動は下火となり、大学側も妥協点を探り始めた。

それは卒業生が心から信頼していた元教授の登場であった。

この元教授は京都大学の出身であったが、三重大学の卒業生に対する京都大学の取り使いが不適切である事を怒り、三重大学の教授を辞め、大きい病院の院長に収まった人物である。

私の先輩たちも心から尊敬していた。

大学の教授を決めるのに机や椅子を積んで阻止するなどは大学の名前を傷つけるだけである。

ここは一度穏便に収め、今後の問題として三重大学の人材を登用する道を話し合ってはどうか。

私は労を惜しまない。

元教授はそう述べたと伝えられる。

教授候補になった私の先輩も、分かりました、と矛を収めることになる。

あれほど荒々しい対立であったにもかかわらず、仲裁者への信頼によって双方共に手を引くことになり、衛生学教室には京都大学からひとまず教授が赴任することになり、私はその教授のもとで研究をすることになる。

顧みると急激に降り出した豪雨があっという間に止んで晴れ間の見える天候になったのに似ている。


しかし、私はいたく傷ついた。

性格上、激しく闘争することのなかったのに、環境の変化で一時的に闘争心を植え付けられ、心が折れていた。

しばらくボンヤリとした日々を過ごす。

大学は何事も無かったかの様に静かになったことが不思議であった。

考えてみれば、民主的に選ばれる大学の教授も、真の学問的検討よりも学閥ですべてが決められているのは不可解なことであり、それが長年当たり前の事として続いているのは許し難いことである。

日本の頂点に立つ歴史的にも由緒ある大学が、それぞれ当然の如く植民地大学を持ち、それを足場に成り立っていることは残念な事であり、学問を育てることに役立たないといっても過言では無い。

日本の中の当たり前だと思われていることの不合理さを、もう一度考える時を迎えている。

私の若かりし時に直面した思いがけない「闘争」は、私の人生の中で意味のあることであり、私だけでなく日本全体にとっても必要な出来事ではなかったかと思う。

若き日の一コマを思い出し、もう一度進軍ラッパを吹きたくなる。

闘争心をむき出しにすることはもうないだろうと思っていたが、人生終盤になってももう一度経験することになる。

私が政治の世界を引退する事が決まってからの或る日、一人の人の葬儀が行われた。

元厚生労働省の局長で、私にハンセン病に対する国、厚生労働省の何処に問題があったかを教えてくれた人であり、最終には国際医療福祉大学の学長を務めた人であった。

葬儀が終わって数日経ってから、厚生労働省の元課長と国際医療福祉大学理事長が葬儀参加のお礼に来られた。

「ところで坂口さんは、政界引退後は何をされますか」

「別にこれと決まっているわけではありませんが」

「そうですか、それなら一つ手伝って欲しいことがあるのです」

元課長がこう切り出したのが、事のはじまりであった。

「内容によってはお手伝いしますが……」

話の内容は、大学で医学部を作るのでその手伝いをしてほしい、ということであった。医学部を作ることは難しい問題であるとは知りつつ、医師不足の折からやり甲斐のある仕事ではないかと思った。

「解りました。お手伝いします」

私は軽く引き受けてしまうことになる。

乃木坂にある大学の一室を借りて、そこに落ち着いてみると、厚生労働省のＯＢをはじめ支援する色々の職種の人が顔を揃えていた。

理事長が医学部作りを提案してからかなりの歳月が流れているという。

しかし新設には反対意見が多く、賛成する団体は存在しない事が解る。

日本医師会、日本医学界、医科大学学長会議、学部長および病院長会議等、医学教育に関係する諸団体はすべて反対で或る。

既存する医学部や医療機関からの引き抜きが行われ、医師不足、医学教育者不足を来すというのが表面上の理由である。

しかし、中期的な眼でみれば、そこで医師を育てるのであるから、医師数は増え教育者も増えることは明々白々である。

人口減少社会の中で医師数は多く必要としないという意見もあるが、地方では医師不足が深刻であり、市長の仕事イコール医師探しという所も存在する。

特に埼玉県、千葉県は七〇〇万人、六〇〇万人の人口を抱えて一校ずつの医学部しか存在しない。

四国は四県で三五〇万人前後の人口であり、医学部は四校存在する。

地域による人口格差も大きい。

欧米諸国と比較をしても、桁違いに日本の医師数は少ない。

医師の専門分野も一層細分化され、それぞれの専門家は極端に少なくなっている。

医師が足りている、将来の人口減少を計算に入れても足りているとは言いがたい状況にある。

医師会などは医師の競争相手を少なくしようと考えている、国民からはそんな声が聞えてくる。

一般の人に聞けば、医学部作りは良いことだという返事が返ってくるにもかかわらず、医療団体はこぞって反対である。

医学部を作りたいという大學は多く存在する。

しかし、医療団体の反対に遭い、諦める大学がほとんどであるが、国際医療福祉大学は違っていた。

諦めなかった。

それは高木理事長の人間性によるところが大きい。

国がもし医学部作りを認めなければ、国を相手に訴訟を起こすとまで発言したと聞いている。

取り組む姿勢が他の大学とは違っていた。

それなら、政治を裏から動かそうとしたかと言えば、そういう卑屈な考え方は全く持っていなかった。

正面から正々堂々たる挑戦であり、訴訟も辞さない姿勢であったのだ。

国も弱いところが有る。

医学部新設を禁止する法律を持っている訳ではなかった。

文部省の告示にひそかに書いている。


告示とは何か。

例えば、当用漢字について昭和二一年一一月、内閣が告示している。

告示には法令を補充するものもあるが、法令の存在しないものもある。

医学部新設については法律が存在しない。

東北特区については、文科省、厚労省、復興庁の三者合意に基づいている。


自民党の議員連盟は、東北の災害地に対して医療を護るため特別枠で医学部を一校新設する事を決めており、安倍総理も了解済みのことであった。

医学部が最後に出来たのは昭和五四年であったから四〇年振りのことである。

東北だけでなく、別の国家戦略特区議連では医学部設置を打ち出していたので、医学部設置の機運は生まれていたと言える。

平成二〇年から二六年まで医学部を持つ大学では定員の増加を図り、地方の医師不足を補って来たが、その数一四四四人に達し、大学の定員容量を超える結果になり、新設することなしに医師数を増やす事は難しくなっていた。

そこに特区構想が生まれる余地が生まれていた。


国家戦略特区とは、特定の分野を限定して規制緩和などを行う区域をいい、地域経済の活性化を促し、国際的な経済活動の拠点形成を目指すことである。

この特区は大きな助け船になる。

特区は特別な思いを持つ人の心を吸い上げる結果となり、政治にも風穴を空けることになっていくのである。

人の熱意は時代を動かすと言って良い。

特区の指定区域が東京圏にも生まれたとき、平成二五年九月、千葉県成田市は、成田空港を核とした「エアポート都市構想」と医学部設置を核とした「国際医療学園都市構想」を国へ提案した。

平成二六年五月、国家戦略特区一時指定六カ所の一つとして認められることになる。

国際空港と国際医療を結びつける特区である。

普段から対策を練り上げていたからこそ、特区に便乗することができたのであり、急拵えにできる政策ではない。

練りに練った提案であり、国も取り上げざるを得なかった。

地方に根を張る国内向けの医療は存在しているが、国際化の時代にあるにも関わらず、対外的な影響力のある医師養成課程、医学部は日本のみならず諸外国にも存在していない。

高木理事長の医学部作りを特徴付けるものとして、国際化に見合った医学部作り構想が数名の主要メンバーの中で次第に生まれていた。

医師不足は確かにあるが、それだけで医学部作りの風穴をあけることは至難である。新しい提起を持った主張が必要であり、日本の国際化とマッチした内容が求められると考えたからである。

国際的な医学部とはどんなものなのか、多くの日数を費やして練り上げられていった。国際的な教授を多く呼び込めば、国内の研究者を結集して医師不足を来すことは少なくなり、反対意見を抑えることもできる。

大学の講義はすべて英語で行う。

東南アジアからの学生を毎年多く採用する。

東南アジアにおける災害時には、成田空港からいち早く支援医療チームを派遣する。

こうしたことのできる医学部は現在存在しない。

特区としても役立ち、日本の経済活動としても大きな役割を果たす事が出来る。

こうして国際医療福祉大学の医学部は、平成二八年八月三一日文部科学大臣より正式に認可されることになり、平成二九年四月開学の運びとなる。


この医学部作りを振り返ってみたとき、最初の植民地大学の医学部教授選考の時の様な荒々しさはなかったが、国民的感情で考えれば当然のことなのに、医師の集団や有名医学部が自分たちの意見を平然と押し通すところは類似していた。

医師が足りなくて国民は困っているにもかかわらず、医師が過剰になると主張して、政治まで曲げてしまうことになった。

最近のように新型コロナが蔓延すると、東京や大阪のような比較的医師数が多いところでも、救急医療が足りなくて自宅で死亡するケースが続出している。

元を正せば医師不足が根幹に存在する。

しかし誰もそのことに触れようとしないし、医学部新設の話は出ない。

日本国中でワクチン接種を行おうとすると、医師や看護師が足りなくて歯科医師まで動員しようとしている。

人間の生命に関わるところはゆとりがなければならない。

コロナ禍はそのことを教えてくれた。

医療界挙げて医学部新設に反対したのは何故であったか。

知的水準の高い集団が声を高くする事は影響も大きい。

心して発言しなければならない。


私は図らずもこの医療集団と対立をして、医学部新設に参加をしたが、私の人生にとって快い出来事であったと言える。

進軍ラッパを吹き鳴らしたい心境であった。

静けさを選ぶ私の人生にとっては、珍しく激しさを呼ぶ出来事であった。

高木理事長の、男は勝負する、その心意気にも触れることができた。

第3章

人生とは

巡り合わせはなぜ起こる

来し方を振り返り、自分の人生を四つに区分してみた。「勉強時代」「医学時代」「議員時代」「卒後時代」。勉強時代は大学院卒業まで約三〇年間、若年時代は戦争中であり、小学校の校庭は芋畑となり、炭を焼く毎日が続く。戦後も食糧難が続き、母と共に山菜を採りに山に行く日が多かった。高校時代は山間僻地の遅れを取り戻し、有名校に挑戦する日々が続いた。この時代の大きな出来事は医学部の合格であり、それには森先生との巡り会いであり、数学の克服であった。何が解り何が分からないか、頭の中の整理整頓の話は私を成長させた。森先生は母と従兄弟に当たり、母は大阪の伯父を助けるため、私をどうしても医者にしたかった。中心には富士山のような伯父が聳えていた。

医師の時代は十二年間であったが、僻地医療や血液事業に従事し、小児科を学び、研究生活もした。突然公明党委員長石田幸四郎氏が現われ、政治への勧誘が始まる。なぜ私に白羽の矢を立てたか、それは私の血液センターにおける活動を見た上での話である。献血への情熱、熱意に対する感動の気持ちが生れたのであろう。私はそれまで石田幸四郎氏を知らないし、会ったこともなかった。ましてや、政治の話などしたことは無かった。おそらく、献血に対する情熱から、政治家として通用するのではないかと想像されたに違いない。氏によれば、今まで宗教組織の幹部を候補者に選んでいたが、方針を転換し、新しい党を作るため、一般人の中からも候補者を選ぶことにしたという。その巡り合わせの中に私がいた。

人が何かのことに特別な熱意を持つとき、それに感動する人たちは吸引される。この熱意と感動が、人の巡り合わせを生む。

森先生との出会いは、その前に伯父の十七年間に及ぶ独学と検定試験の積み重ねがあり、遂に医師国家試験に合格した情熱と熱意があった。この兄を鏡とする母は、子供を医師にして兄を支えたかった。その先に森先生が存在し、私は引き合わされた。伯父の情熱が感動を呼び、母を引きつけ、私と森先生を引きつけた。かくして森先生と私の巡り合わせが実現した。

議員生活中、いろいろの問題があったが、私は社会保障制度に熱中した。この社会保障への情熱、熱中が丹羽議員や冬柴議員との巡り合わせを生んだ。

議員退職後、国際医療福祉大学で医学部作りの手伝いをした。ここには高木理事長の医学部作りへの情熱があり、私は感動し引きつけられた。こうして巡り合わせが誕生した。

卒後時代は今も続いているが、情熱を燃やすことは少ないだろう。しかし、他人の情熱に感動することはあると思うし、出来れば情熱を燃やしたい。

人との巡り合わせは、情熱と感動の関係に置き換えることが出来る。何事を行うにしても、特別に情熱、熱意を持って頑張る人が存在し、それに引きつけられる人がいる。そこに巡り合わせが生れる。情熱の程度によって、関係は強かったり弱かったりする。袖すり合うも多生の縁、で何事も偶然に起こるのではなくて、すべては深い宿縁に寄って起こるとの考え方もある。しかし、そこまで考えなくても、人と人との関係は、人の行いとそれに対する反応の仕方によって、繋がりが生れる。薄い関係もあれば、強い関係の生れる事もある。巡り合わせは偶然の成り行きであり、自分の意志とは関係がない事として用いられている。この定義からすれば、私の巡り合わせは外れることになるが、感動することは自分の意志と関わりがないことにすれば、定義の中に入ってくる。感動することを偶然の成り行きに加えれば、巡り合わせは生きてくる。

私の献血運動に感動し、引きつけられる人が多く現われ、その中から政治家に誘いをかける人が現われても不思議でない。今まで会ったことのない人もいるかもしれない。その人との関係は巡り合わせではないか。偶然の成り行きであり、私の方から見れば、自分の意志とは関係のないことである。


議員生活は四〇年に及び、様々な出来事があった。多くの人との出会いがあり、巡り合わせの良い人悪い人があり、目前に現われては消えて行った。この期間中には二回の大臣経験も含まれ、合計期間は四年半を越えた。この議員生活の間には、人生の流れを替えるような巡り会いは起こらなかった。二〇〇〇年一二月森内閣の厚生大臣、労働大臣になって、二〇〇一年一月六日から初代厚生労働大臣に就任する。この直後に一つの巡り合わせがあった。それは私の情熱や熱意に対してではなく、医師である戦後初めての厚生労働大臣に対する期待感によるものであった。或いは医師に対する信頼感であったかも知れない。

私の前に現われたのは、元厚生省局長であり、国際医療福祉大学の学長を務める大谷藤郎氏であった。局長時代からよく知っていたし、尊敬もしていたが、特別の間柄ではなく、さほど親しくしていたわけではない。しかし、私が大臣になって、大きな期待を持っている事がわかった。熊本地裁でハンセン病訴訟がおこり、その判決が五月一一日に行われることになっていた。大谷氏の予想によれば、国は敗訴するに違いない。その時の国の対応であり、控訴断念をすべきである、と大谷氏は主張する。誰でもできる事ではない。医師である私に対する期待感が生れていた。情熱と感動ではなく、信頼と期待であった。大谷氏との巡り合わせは、私に勇気を与えた。「らい予防法廃止の歴史」という大谷氏の書かれた本を読んで欲しいと薦められる。

五月一一日を迎え、私は大谷氏の期待に応えることになる。辞表を懐に入れて小泉総理の裁断を仰ぐことになり、結果は私の主張は受け入れられることになる。この出来事は、その後の生き方に影響を与えた。

この様に、大きな巡り合わせは、情熱、熱意、信頼などがあり、それに対して感動、期待などの感情が芽生えた時、発生していることが多い。もっと違った巡り合わせもある。

私が立候補すると必ず来てくれる青年がいた。多くの人を集めてくれたし、応援演説もしてくれた。しかし、集めてくる集団は暴走族の集団だったりする。危なくて気の抜けないところがある。今まで一度も投票をしたことのない連中だったりする。この青年は普段は全く寄りつかない。選挙の時だけ現われる。候補者に魅力を感じ憧れている。情熱かも知れないし、熱意かも知れない。それに対する感動かも知れないし.期待かもわからない。候補者としての私に魅力を感じ、いろいろの手伝いをしてくれる。終わると寄りつく事は無い。選挙における巡り合わせと言うことになる。

民主党政権は年金議論をするとき、直角三角形を書いて、あたかも年金の額が毎年斜線を上るような印象を与える図を示した。しかし、年齢が幾つから上昇し、幾つまで、どれだけの額まで増えるのかについて、数字を示す事はなかった。三角形を示したに終わる。政権を取れば一番先に年金改正案を提出するといったが、政権を取って三年半の間、一度も改正案を示す事はなかった。

私は質問に立ち、民主党の年金案は具体的にどう言う案であるかを問いただした。具体的な答弁がないので、私は遂に言った。

「これでは幼稚園のお絵かきではないか。三角形のお絵かきに過ぎない」と。

これを聞いていた内閣府のある官僚は、「よくぞ、言ってくれた。まさしくお絵かきだ。感銘した」と私の議員会館に来て語り、それから時々部屋に顔を見せてくれた。「お元気ですか」というだけのこともあれば、その時々の話題を提供してくれることもあった。ただ、「幼稚園のお絵かき」という表現が絶妙だったというだけの事である。私はその後、内閣府の話題を聴くことが出来て、知識を広めた。思わぬ官僚との巡り合わせができ、私は助けられた。優秀な人材であり、私が豊富な知識を提供した訳ではなく、駄洒落とも言える言葉を言った迄であるが、「言い当てて妙」とはこの事だと言ってくれた。なぜそれほど感銘してくれたのか、聞いてみたことがある。官僚曰く、「この言葉に、現在における年金論議が集約されている」と。「いたく感銘した」と。

表現に対する感動、感銘も巡り合わせになることを知った。


平成九年四月一六日、私は厚生委員会で質問に立っている。自己負担を一割から二割に引き上げる医療保険制度の改正案が提案されていた。時の大臣は小泉純一郎氏であった。小泉対坂口の論戦である。

私は小泉大臣に対し、自己負担の引き上げ前に、抜本改正の必要性を力説した。その青写真がないままで二割への引き上げは本末転倒ではないかと攻めた。

小泉大臣は答弁する。

「昨年暮れ、今回の改正案をとりまとめるに当たりまして、いかに、多くの意見、合意をとりながらまとめていくのが難しいかと言うことを痛感しました。すっきりした案、合理的な案を出そうとしますと、必ず一方で反対論がでます。あちらをたてなきゃいけない、こちらを立てなきゃいかん、これはいわゆる抜本的な案というものはなかなか出しにくいなと。いろいろの方面のご理解をえながらまとめていく苦労を痛感したわけです」

率直に、抜本改革をまとめることの難しさを述べている。しかし、厚生省としては抜本改革をまとめなければならない、と決意を述べている。

この小泉大臣が総理になり、質問した私が厚生労働大臣となる。そして、自己負担二割から三割に引き上げる医療保険改正案を提出することになる。これも巡り合わせというほかはない。質問を受ける側と攻める側の人間が同じ立場で抜本改革を行なうことになる。小泉氏と私とは時々食事を共にすることや、社会保障について話し合う、緩やかな結びつきはあったが、お互いに人間的な情熱で惹かれる間柄ではなかった。しかし、社会保障に関心を持つ議員同士の結びつきはあった。緩やかな結びつきのなかにも、巡り合わせはおこる、一例かも知れない。偶然の成り行きでもなければ、惹かれ合うものがあるわけでもない。議員同士という特別な関係はあるが、普通の人間関係からおこったものであり、不思議な巡り合わせの感を持たざるをえない。偶然の成り行きに近いものと言える。有ったとすれば、小泉氏の中に私に対する期待感が多少なりとも存在したかも知れない。大臣に採用したのであるから、多少はあったと思う。考えられるのはそれ位である。

情熱、熱意、憧れ、尊敬などに対する感動、期待、感銘などの気持ちが芽生え、巡り合わせが生れるだけでなく、普通に近い人間関係からも起こりえることを述べた。巡り合わせ、の言葉には、偶然の成り行きによって生れるものをいう、と書かれているが、巡り合わせの数は偶然の方が多いのかも知れない。しかし、懸命に物事に打ち込むと、その周辺に巡り合わせが起こることも事実である。巡り合わせは偶発的に起こっているばかりではなくて、それ相応の理由があって起こるものも有ることを指摘した。人生に与える影響も大きいものがある。その意味で取り上げ、思い出の一ページとした。

人生に無駄な時間はあったか

来し方を振り返り、有意義であったことを思い出すのは楽しいことではあるが、無駄な時間を探し出すのは苦しい作業である。その時々にはそれなりの理由があって、その時代を生きていたと思うし、生き甲斐を感じていたに違いない。しかし、後から思い返すと、無駄な時間に感じることがある。

特に政治の世界では、もっと有意義に過ごせたのではないかと、思える事が何度もあった。私は長い野党時代を経験し、一〇年位は与党を経験してきた。与野党の駆け引きについては、両方の悪い面を知っている。野党の社会、公明、民社時代には、社会党に付き合うことが多かったが、政府の法案審議を如何に引き延ばすか、が中心作戦であった。公明、民社は、どちらかと言えば審議には応じるが、法案には反対する作戦であった。しかし、社会党は審議そのものに応じない事が多く、労働組合の総評などはその片棒をかずいていた。

「今日は国対方針として、審議拒否だ。公明、民社も賛同してくれ」こんな話は日常茶飯事であった。国対方針とは、国会対策委員長が出す決定のことで、理由不明のことが多かった。国会開会中に、この法案の審議をどれだけ引き延ばせば、政府の重要法案を廃案にすることが出来る。そんなことから割り出された作戦である。来る日も来る日も審議をしない日が続き、一週間を超えることもあった。野党の要求で一般質疑を入れて、その後に法案審議を入れる。法案審議を遅らせば、成果があったと喜ぶ。何のための国会なのか、よく分からない。厚生省、労働省関係の厚労委員会は週二日、火曜日、金曜日が予定日で、木曜日が予備日になっていて、多くても週三日の審議であったが、法案審議はいろいろの理由をつけて週一日行なわれれば良い方であった。特に年金や医療といった大型の法案になると、審議入りも遅れ、審議に入ってからも遅々として進まない。法案が衆議院を上がるには、二国会、三国会にも及ぶことが多かった。

私が厚生労働大臣になったころは与党で衆議院議員二九〇人近くになり、絶対多数であったから、審議が不十分でも強行採決が行なわれた。しかし、時代によっては与野党逆転している時もあり、強行採決は出来ず、審議拒否ばかり続けると野党も責任を問われることもあった。

私の時の年金審議は、委員会は持たれたものの、本質的な中身は取り上げられず、年金不払い問題など、別次元のことに終始された。本質問題で聞くべき意見があれば野党の意見も採り上げるつもりでいたが、そういう議論はされず、どの大臣が不払いであった、と言った個別案件が取り上げられ、一人一人を血祭りにする作戦が取られた。「不払い三大臣」という名前を付けられて、放送されたり、新聞に書かれたりした。最後は審議拒否に出られたため、強行採決に踏み切った。野党でも大きい政党には質問の時間配分が多く、議員の少ない政党には短時間しか配分されない。

例えば、民主党には二時間でも社民党には一五分といった配分であった。衆議院の場合には質問の往復時間が一五分になるので、社民党は半分の七～八分しか時間がないことになる。小さい政党は真面目な質問をすることが多かったが、大きい政党は常に十分な時間があるため、本質から外れた攻撃のための、不払い問題などが取り上げられることが多かった。個別の大臣が何年何月から何年何月まで年金が不払いであった、と言った問題は、それだけその大臣の掛け金期間が減り、年金が少なくなるだけの話であり、年金の制度そのものに影響することではない。それをあたかも年金制度を歪にしたかの如き議論にしてしまう。

私にも四ヶ月の不払い期間があった。家内は国民年金の保険料を毎月払っており、四月から赤十字三重県支部から給料が出たので、保険料はそちらから出ているものと思い、保険料は払っていなかった。しかし、四月、五月はパートであり、赤十字から保険料は出ていなかった。六月からは正規の職員であったが、事務が二ヶ月出し忘れた。事務の村田さんという女性から、その頃断りを言われたことを覚えていた。新しい職場に変わるときなど、保険の種類が変わり、保険料のかけ忘れなどが誰にもあった。職を転々とした人は尚更であり、選挙に出る人もそこに含まれる。落選経験のある人は特に職を変わることが多い。従って大臣なども保険料の未納問題が生じた。さらに、国会議員の年金制度は何度も替わり、私が議員になった頃は、国民年金に入ることは出来なかったが、途中で出来るようになる。しかし、国会議員の年金が充実していたので、国民年金に入る人はいなかった。しかし、その議員年金も現在は存在しない。

国民に取って最も重要な役割を果たす年金や医療の審議においても、本質を論じることなく、通り過ぎることが許されていたのだ。私にとっても無駄に過ごした時間に入れることが出来る。国会議員約四〇年のどれだけが無駄であったかを論じることは出来ないが、三分の一は短縮できたと思う。落選期間も二回、七年間あり、これは別にして、残り三二年のうち一〇年間は充実した日々ではなかったと振り返っている。アバウトな話ではあるが、国会と言うところは無駄な時間の多いところである。論戦として逆の意見を言うのは良いことであり、決して無駄なことではない。しかし、議論すらしない、議論をしても本質的な事ではなくて、引き延ばしのための議論しかしない時間は、無駄な時間に入れてもよいように思う。無駄という言葉が言い過ぎなら、議員生活の三分の一はもっと効率的に使える時間であったと言える。与党であれ野党であれ、国民の代表として選ばれている。審議をしない時間を作ることは仕事をしない時間を作ることであり、本質外の余分な話に明け暮れることは、サボりながら仕事をすることである。真面目に仕事をしない時間を増やすことは許されない。

与野党で審議する内容が決まらないときは、この様な問題を議論すると決めておくことは出来ないか。抹消の問題でなく、遅かれ早かれ議論をしなければならない重要問題について、法案の審議などが出来ない時は、この問題を論議すると決めておくべきだ。そうすれば仕事をしない時間を作らないで済む。内容についてもある種の合意をしておく必要がある。無駄な議論をしない歯止めである。そうすれば、国会全体の中で、重要項目の議論は進むことになり、無駄ははぶける。マスコミにも責任がある。重要な内容の発言をしても取り上げないことが多いし、政府側の答弁がでても.質問者の名前が出ないことが多い。是非両方を取り上げて欲しい。第三者による審議内容の決定も考えて良いのではないか。

医療の分野で無駄な時間はなかったか、考えて見たが、ここはギリギリの生活をしていた時間が多く、余裕のない期間であった。この約一〇年間には無駄を見出すことは出来なかった。今後、医療技術が発達し進歩したとき、こうすれば無駄を省けたと思うこともあるかも知れない。少なくとも現在は見出すことができない。卒後の約一〇年間においては、大學に籍を置く日々であり、ゆとりを持って生活する日々であり、切り詰める時間はない。余裕を持つことが人生になっている。

この様に書いてしまうと、政治の世界だけが無駄な時間が多く、いい加減な世界に思えるが、本来無駄を生じやすい分野であり、話し合いは時間がかかり、そのすべてが無駄ではないことを、良く承知をしながら議論を進めている。いろいろの思いが交差して、話し合いは進められていく。同じ党内にあっても意見を異にする場合もある。政策に対する考え方の違いもあれば、選挙における立場の違いもある。しかし、それらを踏まえた上で、問題の本質について審議するのが国会である。それを国会対策上の方針として、審議拒否をするのは憚れる。余りにも短絡的過ぎると感じられる。

議論の府である国会は、ここは真摯に振り返り、自分たちの歩むべき道を模索すべきである。今のままでは良識の府としての見識を疑われるし、自助努力がなさ過ぎる。第三者から言われる前に、自ら襟を正すべきである。

私は与野党経験者であり、卒業者ではあるが、身内の一人であり、ただすべき内側に立つ人間である。あえて一文を書き、三分の一は無駄であったと断言したのである。本当は二分の一と書いても、書きすぎではないと思う一人であり、最初はそう書きかけたが、それは余りにも惨めに思い、三分の一に書き直した。私にも自分の歩んできた人生への誇りがある。半分無駄であったと断言するのは憚れた。せめて三分の一と書いたが、統計のある数字ではないから、四分の一でも良かった。アバウトな数字ではあるが、三分の一はそれほど現実離れをした数字ではないと考えている。「思う」という表現よりも「考える」と書いたのには、それなりの気持ちが込められている。

政府の立案した法律を成立させないため、考え出したのが審議拒否である。政党として考え方が違う以上、当然のことではあるが、法案の中身に問題のあることもあるが、法案以前の問題として政府に得点を与えすぎることも含まれる。国民から見て好ましいものでも、いろいろと難点を考え出し、声高に反対運動を展開する場合もある。この様なときには、対案を出して国民の思いを吸い上げる必要があるし、政府の得点を与野党の得点に置き換える努力が求められる。それには対案を作成する能力が必要になる。安易な反対に流されず、努力で国会を運営する力量が求められる。衆議院、参議院には法制局が整備されているが、もう少し充実させることが重要である。

政党だけでなく、国会全体が法案審議に相応しい体制になることが求められるし、国民の信頼を得られるようになって貰いたい。

現在起こっている新型コロナの問題は、国民全体の問題であり、与野党共通の課題であるだけに、議論の遅延は起こっていない。この円滑な国会運営の間に、将来的な議論のあり方を考えておく必要があるかも知れない。

人生の最終とはこの事か

人生の最終とはどんな形で来るのだろうか、今まであまり考えたことがなかった。そんな矢先に訪れた今回の出来事、これが最終なのか、と初めて思い浮かべることになる。高松から電車に乗り、私は岡山駅に向かい、岡山駅で階段を上る時、何故か足が重かった。それでも階段を上りきり、ベンチで新幹線の時間待ちをしていた。そこまでは良く記憶している。時間が来たので新幹線の改札に向かって歩き始めた筈だ。しかし、そこからの記憶がない。

おぼろげながら気づいた時には、車に乗せられ揺られている自分であった。いったい何処へ行くのか、不思議に思いながら私はある車中にいた。それは救急車の中であったのだ。

〈ここは何処か解りますか〉医師らしい人から質問を受ける。

「病院ですか、どこの病院かわかりません」

「岡山大学病院です！」

「岡山？」

「元厚生労働大臣の坂口さんが、なぜ岡山大学に来たのか、こちらこそ驚きですよ」名刺を胸ポケットに入れていたので素性はばれていた。香川大学付属病院の診察券を持っていたので問い合わせもしてくれていた。香川大学には東京大学付属病院からの紹介であったので東京大学の教授にも病状が伝えられていた。「よろしく頼む」と東京大学教授から岡山大学教授に電話をいれてくれていた。岡山大学病院挙げての支援に今も感謝している。しかし、病状は重かった。頸椎打撲で両手両足共に麻痺して動かず、首も動かしがたい。顔にも怪我があり痛む。医師の診断がでるまでは、いよいよ人生最終を迎えたと感じた。どんな体の状態で心臓の止まる直前を迎えるのか、考えても見なかったが、その姿が目前に現われた。全身動かない姿で終わりになるらしい。「ありがとう」とお世話になった人に手を差し伸べ、悪手をして最後を迎えることも不可能である。妻や娘の手を握る感覚もないまま、最後となるのか。辛く悲しかった。今なら声は出るので早く礼だけ言いたい。そのとき、ノックの音。

「教授の回診です」婦長さんの声。

「坂口さん、いかがですか。大変な目にあいましたね」「しかし……」と温厚でまだ若い教授は言葉をつなぎ「あなたは幸運ですね、これからのリハビリにもよりますが、あなたの麻痺は約三ヶ月でほとんど快復します。左足だけは麻痺が残るかも知れませんが、他の部分は大丈夫でしょう。もう一度言いますが、あなたは強運の持ち主です。

「治りますか？」私が念を押すと、教授は頷いてくれた。

「重症なら頸椎の手術をするところですが、それには及ばないでしょう」


私には何が幸運で、なにが強運だったのか、理解はできなかったが、快復の可能性が大きいことは間違いなさそうで、リハビリに励もうと決意した。もうひとつ、私を奮い立たせたのは、岡山駅で倒れたとき、通りすがりの男性で救急車が来るまでの間、心臓マッサージを続けてくれた人がいたという。名を告げず立ち去り、救急隊員の人もその人の名は分からないという。おそらくこの人がいなければ、私は元に戻らなかったに違いない。この方へのご恩返しのためにももう一度元気になり、人に尽くせる生活に戻りたい。難病の人など手を差し伸べてくれる人の少ない人々のために尽くすことでご恩を返したい。そのためには元気になる必要がある。

私は横になっているときも、四肢のうち少しでも動くところを見つけては、そこを動かす訓練を続けた。右太股の筋肉から徐々に麻痺は快復し足先の親指から小指の方へ、日毎に少しずつ動き始めてきた。右手の指が動き始めたのは入院一〇日位からであったが、人差し指と中指が早く小指の方に拡がり、親指と小指が接触出来るようになるまでには一ヶ月を要した。左手の動きは遅く、指を伸ばせる様になったのは入院二〇日位であったが、伸びた指を曲げるのはなかなか難しく、曲がり始めたのは二ヶ月たってからだった。ある朝起きると左手指が「ぐう」の形になっていた。完全に曲がるわけではないが、指を握った形になっていた。その時の喜びは今も忘れることができない。私は左得てである。左手で物が握れないことは致命的なことであった。指は伸びるが曲げることの出来ない状態が一ヶ月も続いたのだ。人差し指と中指は曲げられる様になったが、なかなか薬指と小指は十分に動かず、親指と人差し指で摘まむ力も右と左を比較するとかなり弱い状態が長く続く。左手親指が小指に接する様になったのは、年が明けて三月の始めであった。怪我をしてから八ヶ月が過ぎていた。

腰をかけた状態から立ち上がった時、両足の指先に向けて電気が流れるようなシビレが走り三〇秒から一分位歩き始める第一歩を踏み出すことが出来ない状態が続いた。歩き始めると不思議と消えていく。生涯治らないと諦めていたが、リハビリを続ける中で無くなって来たと感じたのは翌年の六月、潮が引くようになくなってきた。快復はまだ続いているものと思われる。リハビリを何時止めるか迷っていたが、さらに継続することを決意する。病との闘いは長い。まだ正常でない機能は随所に残っている。激しい訓練の中で正常化していくに違いない。

人間の正常な機能というものは、自然に生まれてくるものと考えていたが、必ずしもそうではなさそうだ。その機能を使用する努力があって発現してくるものもある。ピアノを弾く人の手の動きは私には存在しない。しかし、その機能は備わっていないわけではない。程度の差はあれ私にも機能は存在するのであろう。ましてや歩く能力は元々存在したものであり、何らかの理由でそれが阻害されていたとしても、努力をすれば復活することは当然である。一〇〇%戻るかどうかは阻害された原因と努力の程度によると考えられる。辛抱強く阻害された要因の快復を待ち努力の積み重ねを続ける以外にない。一番禁物なのは、諦めることである。自分にそう言い聞かせた。

命を助けてくれた人に報いるためには、生ある限り努力を重ね、体の快復を待つ以外にない。自分の体の事ではあるが信じることだ。治ると信じて励むのが唯一の道である。

私は、厚生労働大臣の時、リハビリテーションは六ヶ月までと決めた。それ以上は保険点数を減額した。専門医が条件を付ければ、例外も認めることになっているが、自分が患者の立場に立ってみると、阻害される要因によって異なるものであり、例外を認める筋の問題でないことが解る。過去のことであるが後悔している。医療は患者のために存在する事を忘れていた。保険点数の減額をしたのはほかでもない。悪質な医師もいて、治療効果がないのに、一年以上もリハビリをのんべんだらりと続ける医療機関が存在したからだ。それなりの理由があっての事ではあるが、しかし医療の本質を見極めて処理すべき案件であった。


もう一つ、書いておかなければならない話がある。いささか書きづらいことであるが、排尿の話である。

岡山大学病院で一お世話になり、香川大学付属病院に転院した時、まだ膀胱に管を入れたままであった。香川大学の泌尿器科教授は早く管を抜く必要があると指摘した。その後は自己導尿する必要があるという。消毒した細い管があってそれを自分で膀胱に向けて挿入するのである。ＣＤでどのように挿入するかを教えている。下腹部に機械を当てて膀胱に尿が溜まっているかどうかを調べ、溜まっていれば細い管をペニスから入れる。二〜三時間おきに挿入する。看護師さんたちが「最初は私たちがやりますから、後は自分でできるようになるのですよ」という。それが仕事であるとは言え、一日に何回も管を入れて貰うのもどうかと思う。いつまで続けなければならないのか、先生は一生続ける人もあるという。排尿する力がなければそうなると言うのだ。会社に勤めながら自分で行っている人もあるという。その数は決して少なくないと看護師は語る。神経因性膀胱炎の人などは自分で行っている。自己排尿が困難であればそうなる。もし排尿が困難であれば、一生自分で続けなければならない。もしそうなったら、仕事を続けることは難しい。私は暗い気持ちになっていた。

それから数日後、立ち上がった時、突然自己排尿ができた。多少の痛みを伴って尿の流れ出る感覚を味わった。この時の喜びを忘れることが出来ない。四肢麻痺から快復する過程で一番嬉しかったのはこの時であったと思う。二番目が両足で立つことが出来たとき。三番目は左指が握れる様になったとき。この日を境に膀胱に溜まった尿は自然に流れ出た。導尿から解放された喜びは計り知れない。紙オムツを着けているので流れ出た尿は処理できる。次は間隔がどれだけ長くなるかであった。最近では夜間において五時間はもつようになり、何度も起きて睡眠不足になることはない。一年が経過して私はすべての機能で正常に近づいたといえる。

話をリハビリの問題に移そう。医療の世界の中でリハビリ部門はそれほど重要視されてこなかった。一度脳梗塞や脳出血で麻痺のきた人は必死の努力をしているが、その快復度合いは十分ではなく、言葉は悪いが「あきらめ」の境地が先行している。特に医療を行う側の人にその考えが強い。しかし、時代は進み神経細胞の再生能力が実現化する時代を迎え、またＡＩを使ったロボットが普及し、日常生活が可能になる人も出現してきた。今後の医用の中でリハビリの必要性と治療は急速に拡大するものと思われる。医療は予防に始まり、疾病治療、損傷リハビリと三大部門に分割される時代が訪れ、リハビリは治療の中に大きく食い込んで行く事になる。疾病治療の困難なところに、リハビリ的思考を導入することにより、快復が改善することが期待される。

リハビリは精神面との結びつきも大きい。

私はある夜亡くなった兄と死線を越えて面会する夢を見た。「元気か」との呼びかけに、転倒して四肢が麻痺した話をして、今なお左足が動き難いことを語りかけた。「そうか、可哀想に。どれどれ」と言って足を撫でてくれた。「これで少しは良くなるよ。治らなければまた訪ねて来い」そう言って私の前から兄は消えて行った。その夢の続きで普通に歩けるようになったと喜んでいる自分を発見した。

それは普通の夢とは違う鮮明な記憶に残る夢であったので、翌朝私はおそるおそる歩いてみた。普通に歩けると喜んでいた夢と同じではないが、それでも今までとは違う歩き方の自分を発見した。完全ではないが、昨日とは違う何かを感じていた。人は笑うかも知れない。この話をすると、「それは良かった」そう言ってくれるが全員笑っている。信じてはくれない。しかし私には真剣な話である。兄の長女（姪）にこの話をしたが、「お父さんも喜んでいたでしょう」そう言って笑っている。父親の話を出して私の麻痺のことには答えてくれない。


薬を開発するとき、半分の人には開発製品の入った薬を飲まし、半分の人には同じ形をしているが開発製品の入っていない偽薬品を飲ます。偽薬品を飲んだ人の何割かは効果のあったような症状変化が見られる。開発製品を飲んでいると思い込むことによる精神面の変化をみているのだ。リハビリにも精神面の影響があっても不思議ではない。脳神経への影響か、それとも筋肉への連携の問題か、そこは定かでないが、精神面の影響があるものと私は思う。自分は治ると信じてリハビリに励むことが重要だと信じている。

七月六日、私は転倒から一年を迎え、まだ快復し続けている。手を抜けば逆戻りすることもある。年齢的なものもあり、継続したリハビリが必要であり、無理をしても体力はつかない。一つの筋力を高めても体力が上がるとは限らない。体力を付けるには総合力が必要であり、年齢的なマイナス要因も多い。私は血糖値が高い。心臓には心房性不整脈もある。腎機能も正常とは言えない。総合力で体力を上げる必要があり、調整が難しい。

食事制限をしながら心臓に負担のかからない程度にリハビリをする。それでも前進はできる。左足の筋力は確実に向上し歩行距離は確実に伸びている。歩行が出来れば確実に体力は向上する。ＮＨＫの「試して、ガッテン」が取り上げていた。腰を上げる運動よりも腰をゆっくり下ろす運動の方が筋力を倍以上に向上する、と。確かにゆっくり腰を下ろす運動は筋力がつく。私の左足筋力の快復はゆっくり腰を下ろす運動で上昇したと思う。

転倒し入院一週間目、岡山大学の診断結果は、快復できるが左足の麻痺は努力次第、歩けるようになるとは思う。と言う内容であったが、診断はドンピシャリ正確なものであった。左足は完璧ではないが歩けるようにはなった。

完璧を求めてリハビリの努力を続ける以外にない。自助努力が少なくなれば後退する可能性もあるので、前を向いて努力を続ける気力を持ちたい。

湖畔に打ち寄せる波

外からは湖畔に打ち寄せるささ波のような音が聞えてくる。スイスのチューリッヒで宿泊したとき、ホテルで聞いた音が記憶に残っている。体調の良いとき、この音の夢を何度も見る。音が聞えて場面が出て来る夢はほかに類をみない。少年時代、山の中の静かな日々、私は良く白昼夢にふけることがあった。湖畔の音はその延長線上にあるような気がする。

大学院に籍を置く時、私はチューリッヒにある国立工科大学に留学が決まっていた。しかし、博士論文を提出するときと重なり、九月入学の期限が切れてしまう。結果として行けなくなった。そのことの悔しさが湖畔の音として夢に残っているのかもしれない。

私は僻地医療の務めを終わってから、研究室に籠もることになる。先輩の助教授が騒音の仕事をしており、その範囲で研究をしてほしいとの要望もあり、研究方針を検討した。いろいろの論文を調べてみると、ロシアの生理学者が脳細胞に電気刺激を加えるとアンモニアが蓄積し、神経障害が生じることを研究していた。私は騒音に晒されると人は脳障害を起こすことがある。それは騒音もアンモニアを蓄積し、それが神経毒として作用するためではないかと考えるようになった。

騒音の脳代謝に与える影響、それはアンモニアの中枢神経毒に寄るものではないか、との仮説をたてて研究を開始した。ラットに一時間の騒音を聞かせ、マイナス一八〇度の液体に入れ、脳細胞を取り出す．脳細胞をホモジネイトし、沈殿し、液体にしてアンモニアを測定した。瞬時にアンモニアを測定する器械がないので苦労した。騒音の質を変え、時間を変えてアンモニア量を測定する。結果として、アンモニアが増加し、脳内に蓄積する事を突き止めた。脳内だけでなく肝臓内のアンモニアも増加している事がわかった。脳内にはグルタミン酸も増加していた。これらの結果の与える影響について検討した。この結果については、チェコのプラハで行われた高次中枢神経学会で発表した。

スイスに留学する話になったのはこの後の研究である。

自分が志す児童医学と関係した基礎研究をしたいと考え、迷路と学習を選んだ。迷路を考えブリキで作りあげた。ブリキで作ったのは水を入れるためである。迷路の出口に餌を置き、迷路を上手く進めば、餌にありつける。迷路に水を張り泳いで学習するとどうなるかを調べた。さらに騒音をかけてストレスを増やし学習への変化を調べた。迷路のどこを間違いやすいか、最初の分岐点を間違えるとその後にどんな影響を与えるか、などを調べた。

泳ぐ、騒音などのストレスをかけると、学習が早まり、学習できないラットも出来るようになること、などの結果を出した。これを初回の論文にまとめ、今後の実験計画をだしたところ、国立工科大學から早々と留学の誘いがきたのであった。結果として行けないことになったが、もし行けたら次のような実験をしたいと考えていた。迷路は五つの分岐点があるように設計されていたが、第一分岐点を通過できたラットは、その後残りの分岐点の選択にどんな影響をあたえるか。第二分岐点まで通過できたラットはその後の選択はどうであったか。学習は最初の選択で間違わない事の重要性を指摘できれば、人間も最初の分岐点で間違わないコツを教えれば、学習に役立つものと考えたからである。私はこの実験を続けて行う機会はなかったが、私の後輩がこの研究を引き継ぎ、博士論文を書き上げた。

湖畔の風に吹かれる波の音は、この様な背景を含みながら、夢のまにまに現われる。波の音より静かな響きを保ちながら、岸辺を洗う水の動きは奥ゆかしい。波というより水辺の音を連想するものがある。

私は保健衛生藤田学園の医学部助教授に内定したとき、今度こそこの研究を発端にして児童教育の医学的側面を体系化したいと考えた。しかし、人生の大波はこの計画も反古にせざるを得なくなる。

よくよく研究には縁がなかったと言える。以来、私の心の中では、湖畔の風が静かに流れることになる。もうこれから先、研究が訪れる事は無い。

今も思う。私は小学校低学年の時から、算数が苦手であった。大學受験の時、森先生は何が解り、何が分からないか、そこを治してくれた。頭の中に二つの引き出しを作り、分からない引き出しから出して、解った引き出しへ入れる、これを勉強という。何が分からないか、それはラットが第一分岐点で選択が分からないのと似ている。分岐点の右左は何によって解るのか、そこをラットに教えれば迷うことはない。小学生や受験生に何が分からないのか、そこを教えて始めて前進する。分からないところが分かっていない。突き詰めて教えてくれる先生は少ない。受験生が自分は何が分からないのか、突き詰めて考えて行くと、分からない核が何であるかが見えてくる。

塾の森先生は言った。引き出し二つの話を教えると、私の教える事が無くなってしまう、と。

迷路のラットは、分岐点が最初は左、次は右、その次は左と交互に選ぶことになっている。早いラットは、一直線に餌を手にする事が出来る。一度間違ったラットは最後まで間違う事が多い。餌にありつけなくても、学習は改善されない。

どんな友を選ぶか

長い人生の中で、どんな人を友人とするかによって、一生は大きく左右される。どんな人に出会うかによって決まるとの主張もあるが、多くの人との出会いの中から、取捨選択をして必要な人を選んでいく事になる。やむなく付き合う人もいるが、長く交際する人はその中から選ばれていく。選ぶ人が良い結果を生むとは限らない。

わたしの場合は良い人に恵まれ、こちらが成長させて貰った事が多い。いずれも努力型の人が多く、私も努力を重ねる事になる。

医学部の学生時代は、四人ずつペアを組み実習を行い、各科のクリニークをまわる事になる。それはアイウエオ順の名簿によることが多い。私の場合は酒井しず、坂倉康夫、坂口力、桜井実の四人に決まっていた。四人のペアは選択することの出来ない組み合わせであり、卒業するまで続いた。次第に友情も生れ、食事などを共にすることも多くなり、家庭を訪問する機会もあった。お互いに至らざるところを補い合い、友情は卒業後も続いていく。

坂倉、桜井の両君は勉学にも優れ、研究の成果を上げたことから、母校三重大学医学部の教授に就任する。坂倉君は耳鼻咽喉科、桜井君は小児科の教授となり、母校の発展にも寄与する。特に桜井君は同じ小児科を選んだ事もあり、友情は深かった。白血病の研究も続け、大きな業績もあげた。気さくな人柄で、威張るようなところはなく、患者家族の信頼も厚かった。

酒井しず君は解剖学を修め、東京大学の大学院へと進む。そこで教授から医史学の手ほどきを受け、研究を進めて順天堂大学の教授となる。医史学と言う言葉は字引を引いても出てこない。私も最初に聞いたときは石学で胆石か腎結石の研究と勘違いをした。全国的にも稀な学科であり、NHKのテレビドラマにも医学考証として名前が出るようになる。四人のうち三人は教授になり、私だけが違う道を歩むことになった。友情は今も続いているし、互いの老後についても心配をし合っている。

同郷の友人としては一年先輩であった岩脇哲也君がいる。夏の夜ごと、懐中電気を持って川辺で語り合った仲だ。楽観的で人生を謳歌するところがあり、落ち込みがちな私には貴重な友人であった。その彼が突然に郷里から姿を消すことになる。後に東京から葉書が来て、画家になるため勉強をしているという。

そう簡単に画家になれる訳はないし、日々の生活もある。どうして食べているのか、葉書を出すと、着物の柄絵を画きながら生計を立てているという。その余暇を見て絵の勉強をしているという。成功してくれることを祈りつつも、彼の将来を心配していた。アルバイト・パートの類いであり、フリーターとも呼ばれている。その種の仕事をしながら一人前の画家になることはそれほど甘くない。しかし、彼は成功した．奥さんに恵まれ、奥さんは勤務しながら二人のお子さんを育て上げた。かれは絵を描くことに没頭できたのだ。彼から子育てにかかわった話は聞いたことがない。晩年の彼は水彩画展の幹部としても活躍し、温かみのあるその絵は多くの人から愛された。最後まで忙しい日々を送る。

残念ながら、昨年春、この世をさった。八十八歳であった。今なお私の心の中に生きている。

もう一人、医学部の一年後輩になる与那覇尚先生である。医者なので先生と呼んでおく。沖縄の宮古島出身である。沖縄本島に行くよりも台湾に行く方が近かった、と彼は語っている。衛生学教室の研究室で同じに研究した仲間でもある。彼は卒業後産婦人科を選び、腕を磨く。市民病院勤務などを経て、開業することになる。医療金融公庫から借り入れをしたいので相談に乗って欲しい、との電話が入る。昭和五〇年のことである。

「与那覇先生、開業して大丈夫ですか」
「お産が月四例あれば、やってゆける」
「市民病院とは違いますが、やってゆけますか」

そんな心配をしていたが、病院はだんだん大きくなって、地域では名を馳せるようになる。与那覇先生にとりあげてほしい、その声は野火の如く拡がり、その数一万人を越えている。しかもこの間、これといった医療事故が起こっていないことである。彼の真摯な態度が市民から信頼を受けている証拠である。時々食事を共にしながら、患者の話を聞くが、発言が何時も患者サイドにたっている。おごったところがない。私が落選した時も、老健病院を作り、働く場を提供してくれた。生活が出来るだけの給与も用意をしてくれたのだ。そこまで出来る友人はいない。

病院は大きくなり、総合病院になり、場所も二カ所となり、他の追従を許さない勢いになる。多くの大学病院が協力するようになり、医師不足は解消している。毎年新しい病棟が建ち、充実していく。大陸的な考え方で経営しているところに発展があるのかも知れない。医療経営者は目先の小さいことにこだわり、大局的な判断の出来ない人が多い。その中にあって与那覇先生は遠い先と全体像を見て、手を打っていく。度胸がなければ出来ないことである。この生き方に私は何度も触発された。三重県も海岸沿いは地が低く浸水しやすい。地震が来れば津波に襲われる。彼は最後の事業として決断した。津波の心配のない高台に、病院全体を移転する計画を断行した。すべては市民のためである。いざという時のために、市民を救う作戦を立てた。その額一〇〇億。「医療と生活を繋ぐ応援団になる」理事長与那覇尚先生の言葉である。無二の親友であるだけに決断を嬉しく思う。

議員時代の友人としては丹羽雄哉議員がいる。自民党の総務会長まで務めた人であり、何度も厚生大臣を経験した人であり、議員の前は読売新聞の記者として活躍した秀才である。政策に長け、特に社会保障にかけては役人よりも詳しく、私は多くのことで教えを請うことができた。前回の選挙で退職されたが、今でも時々食事を共にしながら教えを受けている。政治感覚が鋭く、政策にも通じている万能の士である。私が大臣の時も、最後の決定はこの二人できめていた。自民党内のとりまとめでは苦労もかけた。ハンセン病訴訟で私が役人と対立し孤立をしたときも、大臣室に乗り込み、役人に対して大臣を孤立させてはならないと、説得に努めてくれた。説得力は天下一品である。

医療制度改革を行うときは、私が京都に行く途中、新幹線に乗り込み話を詰めてくれた。京都駅でお互いがサインをした記憶もある。

氏の親しい店が神楽坂にあり、そこでも両党の調整を行うことが多かった。若いとき記者をしていただけに文章にまとめるのも得意で、すぐにサラサラと書いて、「これで、どうかな」そう言われる事が何度もあった。

陰であった。

「あの頃は、充実していたね」

今でもそう言って笑われることがある。

大政党を前にして、難しい局面を幾つも切り抜けることが出来たのは、この友情のお陰であった。

人生の仲で一方的にお世話になった人は沢山あり、友情の範囲であげることは適当でないが、同じ党の中で強いてあげるとすれば冬柴幹事長であった。同郷の人でありながら人生後半になるまで相交わることはなかった。共に新進党に参加し、それがつぶれると新党平和を作り、さらにまた新公明党を作る事に参加する。行動を共にした同志であり、友情も厚かった。或る日、こんな話をしてくれた。戦後満州から引き上げ、母を亡くして家は貧しかった。中学を卒業したとき、校長先生夫妻が父を訪ね、この子の高校三年間に必要な教育費は私が出すから、どうか高校に行かして欲しい、と言ってくれた。しかし、私は大阪に出て昼働きながら夜間高校にかよった。さらに関西大学の夜学部に進み、卒業後司法試験を受け、一度で合格した。冬柴君は涙ながらに話したが、聞いた私の方が涙を多く流した。衝撃的な話であり、この人は凄い同郷人だと思い信頼を寄せた。同じ道を歩みながら、幹事長という彼の立場を支えた。彼もまた陰日向なく助けてくれた。公的な立場を離れ、個人的な相談にも乗ってくれた。弁護士であっただけに、法律的なことも教えてくれたし、物事の処理の仕方にもアドバイスをしてくれた。健康に恵まれ、健康診断をしても悪いところは何一つないと豪語していたが、突如としてこの世を去った。惜しみて余りある存在であった。冬柴鐵三は私の心の中に生き続けている。

最後に、友人の範疇に入れても良い人間関係の人がいる。スズキ自動車の社長、会長を四三年に渡って務めた鈴木修氏である。友人と言うには偉すぎるし、大物過ぎて気が引けるが、鈴木氏が友人だと言ってくれる以上、厚かましくても友人にあげることが出来ると思う。二人の人間関係は、こちらが何かを頼んで作ったものではなくて、鈴木氏から頼まれて出来た関係であるから、大手を振ってとまでは言わないが、対等の人間関係に入れても良いと思われる。

話は消費税が導入された時に遡るので、平成元年のことであり、その決定される直前の事であるから、昭和の終わり頃の話になる。当時私は党の政調会長を務めていたが、或る日鈴木氏が飛び込みで訪れ、今回の消費税は世の中を不公平にすると主張した。

その頃は物品税が導入されていて、世の中は収まっていた。一九四〇年に導入された間接税で、宝石、毛皮、電化製品、乗用車、ゴルフクラブ、洋酒など贅沢品や嗜好品など高級品に課税され、乗用車でも高級車ほど高くなっていた。スズキが作る軽自動車は安い物品税であったが、トヨタの高級車は高い税率の物品税が課せられていた。それが、高い車も安い車も一律の消費税三%にするという事になる。高級車は安くなり、軽自動車は割高になる。それは筋が通らないと、鈴木氏は力説するのである。

高度経済成長をした日本ではあるが、高級品を安くし日用品を高くするのは問題点の一つであり、立場の違いによって意見の異なるところであった。しかも、物品税は出荷額に課税されていたが、消費税は消費者に課税される。

この話の最中に行なわれた衆議院議員選挙で、私は落選することになり、三年半の空白が生れる。平成元年（一九八九年）から消費税は導入されていたので、この話は決着がついたと思っていた。私は平成五年の選挙で返り咲いた。

「坂口さんの当選を待っていました。おめでとう。是非、税制改正をお願いします」

スズキ社長はまだこの問題にこだわり、主張し続けているという。そうした中で、野党八党・会派による連立細川政権が誕生し、私は労働大臣に就任した。

「労働大臣就任おめでとう。労働者の車、スズキの社長です」

改めて鈴木社長は大臣室を訪れた。帰り際に「例の話頼みますよ」と付け加えた。私は労働問題を越えて、八党・派の政調会長や税制担当者と協議を重ねることになる。大蔵省は消費税がすでに導入されており、今さら変更は出来ないと突き放す。この時、知恵を絞ってくれたのが新生党所属の二階俊博議員（当時運輸政務次官、現在の自民党幹事長）であったと記憶する。消費税はスタートしてから五年を経過して今さら変更することは難しい。これはこれとして受け入れて貰う。それとは別の問題として、小型車は労働者階級が必要とする車であり、安全に運転できる車にしなければならない。もう少し中身にゆとりが必要であり、中身を大きくすることで理解を得られないか、社長に聞いてみてほしい、との事であった。早速社長に掛け合ったところ、

「よーし、それでやってみるか」

鈴木社長は一瞬考えた末、「それで交渉する」ことになる。

伊藤茂運輸大臣に話を通し、タテ一〇センチ、ヨコ一〇センチ、高さ五センチ延長し、エンジンを六六〇から八〇〇に引き上げることで各界の交渉が始まった。事は順調に進んだが、細川政権が崩壊し、自民党政権に戻ったりしたため、成立まで時間を要した。エンジンは七六〇までしか引き上げることが出来ないなど、業界内での意見の違いも表面化した。中身を大きくする案での交渉は成立することになる。表向きは消費税の見返りと言うわけにはいかないし、政治上もそのような取引は許されない。あくまでも小型車の安全を確保するためということになる。これは十分理解されることであり、世界にも通用する論理である。どの国も小型車の大型化を進めていたからである。

こんな経緯から二人の人間関係は深まり、スズキ自動車の販売店総会があると、来賓として招待をしてもらうこともあり、私の後援会で話をしてもらうことも何度かあった。凄いと思ったのは、後援会に来賓としてきて貰うと、名刺交換をしてほしいと言う人の列が長く続くことであった。その列はどの政治家よりも、どの官僚よりも、どの学者よりも長かった。

こんな話もしてくれた。

「坂口さんにはいろいろお世話になり、もうけさせてもらいました。しかし、礼はうどん一杯しかしていない。今日はそのうどんで足りない分の償いをするため、やってきました」

こんな挨拶をして、場内を笑わせ、盛り上げてくれたものである。私は何度も選挙でお世話になったが、しかし逆に困ったことも何度かあった。社長は何時も政府与党を応援するとは限らないのである。野党を応援することもしばしばであり、時には激突することもあったのだ。社長には目を離せないところがある。

鈴木氏は私より四年先輩であり、四十三年間勤められた会長、社長職を退かれ、相談役になられた。お疲れであったと思う。退任の挨拶に議員会館を訪れ、友人の井上議員に私への挨拶状を託してくれた。

「ご苦労様でした」私の方から言いたい。社長就任時には三千二百三十二億円であった売上高が、現在では三兆五千億円を越える状態になっている。日本におけるスズキ車の保有台数は一千万台を越えたという。トヨタにつぐ第二位の成績である。偉大な友人を持ったことを喜びたい。

墨をする気持ち

小学校の時から筆や墨を持ったことがなかった。或る日食堂のおばさんから「坂口さん、習字をやってみない」と声をかけられた。「ぜんぜん自信はないのですが」そう言いながらやってみることにしたのは、きれいな字を書きたいと思う気持ちからだった。食堂のおばさんは石けん箱に硯、墨、筆を揃え、「坂口さんにあげるから」そう言って薦めてくれる。

「毎週木曜日の朝、先生がお見えになるから、来週から出てくださいよ」

「わかりました。私は朝起きるのは早いですから大丈夫です」

こんなきっかけで私は習字を習い始めたのだ。小学校で習った記憶はあるがほとんど覚えていない。仲良しだった子が、習字が上手で，朱色の筆で三十丸を付けて貰って教室に張り出して貰っていた記憶がある。しかし、自分は一度もなかったし、まっすぐに縦線が引けずに叱られた記憶だけが残っていた。

木曜日の朝、六時に遅れないように議員会館の集会室に顔を出すと、先輩の議員たちがすでに四、五人集まっていた。「坂口さん良く来たね」そう言って歓迎してくれたことを覚えている。先生は四〇半ばの若々しい方で、礼儀正しくお座りになっていた。お名前は長谷川耕生先生という方だった。

「今日の手本です」先生から四文字を書いた手本を渡され、「墨をすってください」と言われる。墨をすって書き始めると「坂口さん、墨が薄いですね」と指摘される。墨の濃さで字が引き立つ話をされた。手本を見て字を書き始めると、私の手許をじっと見て「筆をもっと立ててください」と指摘される。筆の持ち方が横に傾き過ぎているというのだ。先生の筆の持ち方に対する講義がはじまる。いくつかの持ち方を紹介され、中国ではこういう持ち方をした人もあると有名な人の名前を挙げられた。一日目は筆の持ち方で終わり、二回目は「誠」の字を書き示され、書くようにすすめられた。筆の持ち方に注意しながら、大きく書いて先生に渡す。先生はじっと見て語り始める。「紙に字を書くとき考えなければならないのは、字の黒い部分と残された白い部分のバランスだ。特に「誠」の字のように画数の多い字を書くとさら黒い部分が目立つ。貴方のように大きな字を書くとさらに白い部分が少なくなる。字が紙の中に上手く収まり、字から勢いが感じられるかどうかだ。貴方の書いた字は、形は出来ているが、字に勢いがない。」大凡そういう趣旨の話であった。「字が紙の中に上手く収まる様に書く」今まで考えたことがなかった。

医学部の講義を聴きながら，殴り書くように字を変形させ乱暴に扱ってきた経験からすれば、紙の中の収まりなどどうでもよいことであった。一字一字の字を大切にしなければならないことを、実感した始まりであった。書の先生方が書かれた作品をみて、そこまで考えて書かれたものであることに思いを致す。殴り書きの文字がノートの中に占める割合を見て苦笑せざるをえない。以後、手紙を書くときも、書類を書くときも、一字一字を大切にするようになったし、字の由来を考える様になり、その意味を表現できる様に書く習慣が生まれてきた。少なくても美しく書くにはどう表現し、大きさや角度に気配りする必要のあることが解ってきた。

墨の字と白い空白のバランスを考えたことは、今までなかっただけに、ものの考え方にも変化が生れ、人との関係についても考え直す機会になる。議員という特別な立場もあって、お世話になる人との距離は近くし、関係強化ばかりを考えてきたが、長く交際を続けるには一定の距離を持つことが大切ではないかと考える様になった。近すぎては飽きが来る、遠すぎては疎遠になる。人との関係もバランスが必要であると感じた。至適温度や至適ペーハーがあるように、人間には至適距離があると考える様になる。

習字を習い始めてから、想像もしていなかった変化に驚きながら、週一回の習字教室が楽しみになる。先輩の人たちは党派を超えて親切にしてくれたし、次の新しい発見を期待して、通い続けた。手本には千字文を最初から習い始めていた。一字の中でヘンは大きくなりすぎない事や太さに変化を持たせることなど、具体的な指導をうける。一字の中にも変化の必要なことに気付く。自分の書いた字と先生の字を比較すると、違いが見える様になる。田の字を書くとき、自分の字は四つの四角が同じ大きさになっている。しかし、先生の田の字は大きさが違う。左側の四角の方が大きい。四つの四角の違いがあり、それが妙に目立ち安定して見える。一字の中の変化が存在感を増すことを知る。一字の中のどの辺を強く太く書くか，四文字、六文字の中でどの字を強調するか、どのような表現をするか、その人の生き方とも関係する様に思われた。
千字文を書き終えたのは、習い始めてから一〇年位経ってからであったと思われる。夏休みや冬休みを入れて、国会休会中は休み、落選期間もあり、百数十回習い終えるにはそれ位の歳月を要した。千字文は漢文の長詩で千文字の中に同じ字が一度も出てこない。皇帝の命を受け、一夜で書き上げた筆者は髪が真っ白になったと伝えられている。

一昨年、展示会に出品する文字として、生涯現役の四文字を選んだ。生ある限り働き続けたい、と言う思いを書に託した。現役の現の字に力を入れ強調して書いたが、後から見ると役の字が貧弱に見えた．役の字の最後の一画をもう少し力強くかければ満足のいく作品になったと思う。最後の一画が物足りなかった。そう思い続けているうちに、私は転倒して四肢麻痺を来した。あわや生涯現役の生活を続けることが不可能になるところだった。関係はないように思うが、心の中では連携している様に感じる。習字を習い、千文字を書き上げ、私の気持ちは字に左右される様に成っている。たかが知れた字の一画、人生を暗転させるとは思えないが、気持ちの上では無関係とは言えなくなっている。そうした心の状態の時、先生から今年の作品を書いてみては、と誘いを受ける。

先生は御子息にバトンタッチされ、耕生先生から耕史先生になっていた。一年以上筆を持っていないが、気持ちのうやむやを晴らす機会に思えた。私は作品の字を、人生日々挑戦に決めた。前半は画数が少なく、最後に画数が増える。バランスの難しい熟語である。少ない画数を太さで補い、多い画数とどうバランスを取るか，最後の決め方が難しいが人生への挑戦であるとも思う。一幅の書にまとまれば、残りの人生を謳歌できるのではないか。そんな気がする。

習字はペン字とは異なり、絵画的な要素が強い。それだけに作者の思いを表現できる。先生の手本を書き写すのに懸命な時期には、自分独自の字を書くゆとりはない。真似て書くのに全精力を使っている。先生の指導が深まり、自身に蓄えた能力を徐々に発揮できる時期を迎えると、自分らしさを出すことが出来る。書き上げた作品の中に、自分らしさを感じる様になったのはこの四～五年の事であり、自分の思いを表現したいと思う様になったのは二～三年前からである。これからは自分らしさを前面に出して、何を訴えたいかを明確にしたいと考えるようになった。

先生の手本をどこまで模倣し、どこを自分の字で書くか、今後考えなければならない点である。今までは先生の手本を模倣することに専念してきた。先生が永年蓄積されてきた手法を学ぶ機会が与えられ、その事に感謝しながら、プラス・アルファ、自分に芽生え始めた「自分らしさ」を考える時を迎えていると自覚し始めた。しかし、先生に仕えてきた先輩たちは、そこをどうしているのだろう。先生の何を引き継ぎ、何を成長させているのかと思いながら、先輩の字を見るようになった。芸術一般から見たとき、外側からは師とは似ても似つかぬ弟子も存在するし、師弟に変化の見られない場合もある。独自の道を究めた人もいる。しかし、多くの弟子たちは師の模倣の域に立ちつくしている。書を業とするわけではないので、師の傘の下で、どう傘の持ち方を考えるかの違いを出すに過ぎない。模倣一色から少しでも自分らしさを滲ませるに過ぎない。

私も大それた事を考える立場ではない。傘の持ち方をどう傾けるか、思案するだけの事である。そうは言うものの、書いた字が人生に影響を与えると思うと、それなりに書かなければならない。字は作品の中で息をしている、生きていると思うと疎かにはできない。習字を習う中で、字は物質的存在というより生命的存在であることを学び、紙の中で勢いよく生きている事を見る人に伝えなければならない。生命体には個性があり、個々の違いがある。先生の手本を模倣しながら個性を埋め込むためにはどのように書き込むべきか。個性を表現できるかどうかは別にして、今年はそういう思いを持って作品を完成したい。

さて、暫くぶりに筆を持つ。もう一年以上持っていなかった。転倒し、四肢の麻痺を来たし、リハビリから快復してきた今、腕の力が入りにくくなっている。

今まで真っ直ぐにひけて線が歪んでしまう。字の太さを加減しにくい。字の形を整えるのに数日を要した。

作品と呼べるものを書くにはまだ時間がかかる。どれだけの時間をつぎ込めば、元のレベルまで回復できるのか、或いは麻痺が残る以上今までの字は戻ってこないのか、考えながら紙に向かう。少なくとも今までの字は現在戻ってはいないと思う。麻痺により何が失われたのか、考え込むこともある。太い字もさることながら、細い字を書く能力が劣化している。細い字の練習をすると、太い芋も書きやすくなる。敢えて細い字に挑戦し、どういうところが書きにくいかを見定めている。

さて最後になるが、長谷川先生は六時から始まる習字の会の一時間前には到着され、静かに墨を擦られていた。墨をする気持ちを大切にされていたのである。おそらく今日はどういう字を書き、それを教えるか、構想を練っていられたものと思う。一日の始まりであり、大事な時間であったに違いない。その姿から、物事をスタートさせる時の姿勢を学ぶことが出来た。思いつきでドタバタ騒ぎの中で事を始めていた自分の姿勢を反省し、大きな仕事を始めるときであればあるほど、墨をする気持ちで、冷静に対策を立てて開始しなければならないと，自身に言い聞かせた。

墨を擦る時間の大切さを教えられ、日々の生活にも生かす習慣を身につけた。食堂のおばさんにすすめられ、何気なく開始した習字であったが、先生からは多くのことを教えられる結果になった。改めて食堂のおばさんに感謝をしたい。世の中は不思議な縁でつながっている。

日が昇る

朝、太陽が昇り夕方、日が沈む。当たり前の事として今日まで生活してきた。しかし、日が昇ることはこんなにすごいことだと、八〇才を過ぎて実感したのである。なぜこんなにも感動したのか、不思議に思う。

私は成人するまで田舎で暮らし、山間僻地と表現した方が良い場所での生活が長かったので、山の上に出る太陽はおそく、赤みをおびた太陽ではなく直視できない眩しい光の物体だったのだ。赤く丸い形をした日の出を直視したことがなかったと言った方が良い。

成人してからは三重県津市に住まいを求めてきたが、仕事に明け暮れる時代であり、感動をもって太陽を見た記憶は残念ながら存在しない。それほど多忙な日々が続いた。その後、東京での長い生活が続いてきた。ぱっと晴れた日よりもどんより曇った日々の多い毎日であったが、晴れた日もビルの谷間からもれる朝の光であり、太陽そのものを見る機会はほとんどない毎日であった。

山間僻地で山の上に昇る太陽か、ビルの谷間から漏れる朝の光しか記憶にない私に、年老いてから偶然にも赤裸々な朝日を拝する機会が訪れたのである。人生の最終をどこで迎えるかを考えた結論は、次女が住む高松市を選ぶことになったのである。

自分でも今まで考えていなかった結論を出すことになり、高松市でむかえた初日の朝、部屋の隅々に光が充満するのに気づき、何事かと思い窓を開けると、赤く大きい太陽が山の端から顔を出し、周囲の空をアカネに染め始めた時だったのだ。高くないビルの向こうの小山と平らな山の間から、何か急ぎの出来事でも起こったように、赤みを帯びて空を染めた様子は、私の心に今まで与えたことのない感動を与えた。太陽の丸さをはっきりと見せてくれる絵画的な造形だけでなく、赤い光だけではない、電磁波の持つ物理的な刺激を直線的にとどけているように感じた。

八五才になるまで毎日太陽に接して来たはずであり、殊更改めて驚くことも感動することもないはずなのに、初めて接した宇宙体のように強烈なエネルギーを与えられたのは、何故か。

東京から香川へ移動したとき、都落ちのさみしさがなかった訳ではない。その緩んだ心の隙間に、宇宙の深さが差し込み、新しい太陽の息吹が差し込んだのかも知れない。晴れた日の夕日も素晴らしい。東京よりも晴れた日が多く、朝日と夕日に励まされる日々が続く。

都道府県別でみると、年平均快晴日数三七位、年平均降水量四二位。カラッと晴れた日も少ないが、雨の量も少ない。それでも朝日を楽しめる日は多い様に思う。別の統計では、快晴は雲の量が一以下であり、晴天は二以上八以下を言い、両方合わせた日数が年間一番多いのが香川県であるという。にわか雨のことは多いがすぐに晴れて行く。年平均相対湿度は三〇位、一番高い県は島根県で七七％一番低い県が群馬県で六〇％、香川県は六七％だから低い方に近い。新型コロナは湿度の低い県に多発しているから、香川は出やすいかもしれない。
朝日のきれいなのは天候だけではなく、低い山に囲まれ、高い建物も少ないので遮るものがない。海に近い高さで日が昇る、そんな環境が感動を作り上げているに違いない。

体を痛めたがリハビリに努め、もう一度頑張ろうと思う様になったのは、朝日、夕日の贈り物であるかも知れないと思う。くじけてはいけない、もう一度立ち上がるのだ、という気持ちを与えてくれた。心に太陽が昇るようになり、もう一度人に尽くせる体になるのだと考えるようになったのは、体に差し込む光があったからであり、感動があったからである。朝日が私を蘇らせた。

不思議なことに麻痺した指が動くようになり、足にも力が入るようになる。まだ完璧ではないが快復の息吹が感じられる。気持ちの変化が快復に繋がっているが、その心の変化は赤い朝日から来ているのだ。

私はもう一度昇る。
朝日と共に昇る。
新しい仕事を始める。
奮い立つ自分を感じている。

書き終えて

波乱に満ちた道のりを振り返り、いろいろの角度から見つめ直してみた時、人生の色合いは違ったものになっている。単色で変化のなかった時代も、別の色合いに花の咲いた景色が見えてくる。

よき時代であったと思っていた年代も、色あせて見えることもあれば、逆に思えることも起こっている。

概して言えば、医師をしていた頃は充実していたし、議員を落選していた時でも良い仕事をしていた頃がある。議員と言う職業は重要な役割を持っているにもかかわらず、無駄な時間が多すぎた。与野党対立という仕組みの中で、余分な時間を作りすぎている。限られた人生からみれば、無駄を排除できる時代であった。

これからの残された期間は、満足のできる日々にするため、生活の中身を考えていきたい。そのための一文になれば幸いである。

坂口　力（さかぐち・ちから）●プロフィール

三重県出身。医師・医学博士。初代厚生労働大臣。元衆議院議員。

東京女子医科大学顧問。日本先進医療臨床研究会相談役（元特別顧問）。

三重県立大学(現国立大学法人三重大学)大学院医学研究科修了後、
三重県の無医村・宮川村の僻地診療に従事。

その後三重県赤十字血液センターに勤務し副所長として献血事業の充実に尽力する。

国会議員となり三重県式の献血事業を全国に普及させた他、
厚生労働大臣時代にハンセン病患者の隔離政策の間違いを認め、
時の総理大臣・小泉純一郎氏に進言して日本国政府として初めて上告を断念させる。

ＢＳＥ感染牛の問題で国民の安心のために全頭検査を実施。

新型コロナウィルスＳＡＲＳの感染拡大を水際作戦で防止するなど多くの功績を残す。

１００年安心の年金プランの立案でも有名。

著書に『タケノコ医者―差別なき医療をめざして』（光文社）、

『タケノコ大臣奮戦記―温かい心を持った厚生労働政策を求めて』（中央公論新社）などがある。

日本先進医療臨床研究会●プロフィール

「ガン難民・難病難民の救済」を目指して、医師・歯科医師を中心に、
医療従事者、医療・健康関連企業、研究者、および、志ある一般の方たちから
構成される研究会です。
現在の標準的な治療法では完治が望めない様々な疾患に対して、
最先端医学から伝統療法まで様々な治療法とその組み合わせを
医師と患者の同意のもとで実際の治療で効果を試し、
症例報告の集積によって治癒・改善・再発防止の効果を検証しています。
また、ガン・心臓病・脳卒中・自己免疫疾患・神経変性疾患など
様々な病気の状態を測るマーカー検査の検証も行っています。

日々挑戦　戦後唯一、医師免許を持った厚労大臣が、人生の心髄を語る

2021年12月22日初版発行

著　者　坂口　力
協　力　日本先進医療臨床研究会
発行人　小林平大央
編　集　山本洋之
発売所　健療出版／株式会社健康長寿医療維新
〒194-0215 東京都町田市小山ヶ丘6-1-217
電話: 042-625-1841

※落丁・乱丁はお取り替えいたします。
※定価はカバーに表示してあります。

ISBN978-910538-02-0 C0095